जान मुहम्मद

मण्टो अब तक-18

जान मुहम्मद

सआदत हसन मण्टो

वाणी प्रकाशन

वाणी प्रकाशन
4695, 21-ए, दरियागंज, नयी दिल्ली 110 002
फ़ोन : +91 11 23273167 फ़ैक्स : +91 11 23275710
शाखाएँ
अशोक राजपथ, पटना 800 004, बिहार
कॉफ़ी हाउस कैम्पस, महात्मा गांधी मार्ग, इलाहाबाद 211 001, उत्तर प्रदेश
महात्मा गांधी अन्तरराष्ट्रीय हिन्दी विश्वविद्यालय, वर्धा 442 001, महाराष्ट्र
www.vaniprakashan.in
marketing@vaniprakashan.in
sales@vaniprakashan.in

JAAN MUHAMMAD
by Saadat Hasan Manto

ISBN : 978-93-5072-285-5
Collection of Short Stories

संस्करण 2012
आवृत्ति 2018

मूल्य : ₹ 125

एम.एस. प्रिंटर्स, दिल्ली-110 095 में मुद्रित

वाणी प्रकाशन का लोगो मक़बूल फ़िदा हुसेन की कूची से

भूमिका

मण्टो की वे कहानियाँ भी जो उसने पाकिस्तान जाने के बाद लिखीं, उसके सर्वथा असाम्प्रदायिक दृष्टिकोण की साक्षी हैं। 'खोल दो' में अपने ही हम-मज़हब लोगों का नाजायज़ फ़ायदा उठाने से नहीं चूके। वैसे भी मण्टो के निकट मज़हबों का कोई अर्थ नहीं था। वह तो अपनी तुला पर लोगों को तौलता था और उन्हें सिर्फ़ दो वर्गों में रखता था–शोषक और शोषित और इसके बाद वह शोषितों के वर्ग में शामिल होने के लिए खुद-ब-खुद पहला कदम उठाता था।

'यज़ीद' भी मण्टो ने पाकिस्तान जाने के बाद लिखी और इसे मैं मण्टो की चुनिंदा कहानियों में एक मानता हूँ, क्योंकि इस कहानी के माध्यम से मण्टो ने एक बहुत ही नाजुक बात को व्यक्त किया है। मण्टो की यह मान्यता कि बँटवारे के कारण दोनों तरफ़ की जनता ऊपरी तौर पर दो हिस्सों में बँट कर भी मूल रूप से एक ही थी, इस कहानी में पूरी तरह अभिव्यक्त हुई है। प्रकट ही इस कहानी को लिख कर मण्टो को कट्टर किस्म के लोगों के तीव्र विरोध का सामना करना पड़ा होगा, क्योंकि कहानी में धार्मिक प्रतीकों को बड़ी कुशलता से गूँथा गया है और करीमदाद का आख़िरी वाक्यः ज़रूरी नहीं कि यह भी वही यज़ीद हो। उसने पानी बन्द किया था, यह खोलेगा–मन को बेतरह छू जाती है, क्योंकि इस कहानी को पढ़ कर मुझे यह एहसास हुआ कि बँटवारे की तल्ख हकीकत को अन्ततः तसलीम करने के बाद भी मण्टो की यह दिली ख़्वाहिश थी कि मुल्क एक हो जाय और लोग फिर उसी तरह सह-अस्तित्व की स्थिति में आ जायें।

इन कहानियों में शायद 'शरीफ़न' ही एक ऐसी कहानी है जो कहानी नहीं एक जीता जागता दुःस्वप्न मालूम होती है। इस कहानी को पढ़ कर

मुझे लगा कि मण्टो जो दो लड़कियों का बाप था, फ़सादों के दौरान किस तकलीफ़ में से गुज़रा होगा। एक आम आदमी जब निजी हादसे का शिकार होता है तो किस तरह समझ सोच को भुला कर दरिन्दगी पर उतर आता है और इसीलिए कहानी के अन्त में कासिम के प्रति गुस्सा नहीं आता, वरन उसकी अपार दयनीयता और विवशता के प्रति दुख और दया ही उपजती है। यही कहानी, जो एक साम्प्रदायिक लेखक के हाथों लिखी जा कर लोगों के जज़्बातों को भड़का सकती थी, मण्टो के हाथों से निकल कर बिलकुल उलटा असर डालती है—वह पाठकों को दहशत की ऐसी सर्द हालत में छोड़ जाती है कि वे संजीदा हो कर इस सारी स्थिति पर ग़ौर करने के लिए प्रेरित होते हैं, जब आदमी पशु से बेहतर नहीं होता।

नीलाभ

अनुक्रम

बाई बाई

नाम उसका फ़ातमा था पर सब उसे फ़ातो कहते थे। बानिहाल के दर्रे के इस तरफ़ उसके बाप की पनचक्की थी जो बड़ा सादा लौह मुअम्मर आदमी था।

दिन भर वह इस पनचक्की के पास बैठी रहती। पहाड़ के दामन में छोटी सी जगह थी। जिसमें यह पनचक्की लगायी गयी थी। फ़ातो के बाप को दो-तीन रुपये रोज़ाना मिल जाते, जो उसके लिए काफ़ी थे। फ़ातो अलबत्ता इसको नाकाफ़ी समझती थी, इसलिए कि उसको बनाव सिंगार का शौक़ था। वह चाहती थी कि अमीरों की तरह ज़िन्दगी बसर करे।

कामकाज कुछ नहीं करती थी। बस कभी-कभी अपने बूढ़े बाप का हाथ बँटा देती थी। उसको आटे से नफ़रत थ्री, इसलिए कि वह उड़-उड़ कर उसके नाक में घुस जाता था। वह बहुत झुँझलाती और बाहर निकल कर खुली हवा में घूमना शुरू कर देती या चनाब के किनारे जा कर अपना मुँह-हाथ धोती और अजीब क़िस्म की ठण्डक महसूस करती।

उनको चनाब से प्यार था। उसने अपनी सहेलियों से सुन रखा था कि यह दरया इश्क़ का दरया जहाँ सोहनी-महवाल, हीर-रांझा का इश्क़ मशहूर हुआ।

बहुत ख़ूबसूरत थी। और बड़ी मज़बूत जिस्म की जवान लड़की। एक पनचक्की वाले की बेटी शानदार लिबास तो नहीं पहन सकती। मैली शलवार, ऊपर फिरननुमा कुर्ता...दोपट्टा नदारद।

नज़ीर सुचीतगढ़ से ले कर बानिहाल तक और भदखा से कश्तवाड़ तक ख़ूब घूमा-फिरा था। उसने जब पहली बार फातो को देखा तो उसे

कोई हैरत न हुई। जब उसने देखा कि फातो के कुर्ते के निचले तीन बटन नहीं है और उसकी जवान छातियाँ बाहर झाँक रही हैं।

नज़ीर ने इस इलाके में एक ख़ास बात नोट की थी कि वहाँ की औरतें ऐसी कमीज़ें या कुर्ते पहनती हैं जिनके निचले बटन ग़ायब होते हैं। उसकी समझ में नहीं आता कि यह दानिसतन हटा दिये जाते हैं, या वहाँ के धोबी ही ऐसे हैं जो उनको उतार लेते हैं।

नज़ीर ने जब पहली बार सैर करते हुए फ़ातो को अपनी तीन बटन कम वाली कमीज़ में देखा तो उस पर फ़रेफ़ता हो गया। वह हसीन थी। नाक-नक़्शा बहुत अच्छा था। ताज्जुब है कि वह मैली होने के बावजूद चमकती थी। उसका लिबास बहुत गन्दा था, मगर नज़ीर को ऐसा महसूस हुआ कि यही उसकी ख़ूबसूरती को निखार रहा है।

नज़ीर वहाँ एक आवारागर्द की हैसियत रखता था। वह सिर्फ़ कश्मीर के देहात देखने और उनकी सय्याहत के लिए आया था, और क़रीब-क़रीब तीन महीने से इधर-उधर घूम रहा था।

उसने कश्तवाड़ देखा, मदरवा देखा और बटोत में कई महीने गुज़ारे, मगर उसे फातो ऐसा हुस्न कहीं नज़र नहीं आया था।

बानिहाल में पनचक्की के बाहर जब उसने फ़ातो का तीन बटनों से बेनियाज़ कुर्ते में देखा तो उसके जी में आया कि अपनी कमीज़ के सारे बटन इलाहिदा कर दे और उसकी कमीज़ और फ़ातो का कुर्ता आपस में खलत-मलत हो जायें। कुछ इस तरह कि दोनों के समझ में कुछ भी न आये।

उससे मिलना नज़ीर के लिए मुश्किल नहीं था इसलिए कि उसका बाप दिन भर गदुय मक्की और ज्वार पीसने में मशगूल रहता था और वह थी हँसमुख, हर आदमी से खुल कर बात करने वाली जल्द घुल्लू मिट्ठू हो जाती थी। चुनांचे नज़ीर को उसकी करबते हासिल करने में कोई दिक्कत महसूस न हुई। चन्द दिनों ही में उसने उससे राहोरस्म पैदा कर ली।

यह राहोरस्म थोड़ी देर मे मुहब्बत मे तबदील हो गयी। पास ही चनाब जिसे इश्क़ का दरिया कहते हैं और जिसके पानी से फ़ातो के बाप की पनचक्की चलती थी। उस दरिया के किनारे बैठ कर नज़ीर उस को अपना दिल दिखाता था। जिसमें सिवाय मुहब्बत के और कुछ

भी नहीं था। फ़ातो सुनती...इसलिए कि वह उसके जज़बात का मज़ाक़ उड़ाना चाहती थी...असल में वह थी हँसौड़। सारी ज़िन्दगी वह कभी रोई न थी। उसके माँ-बाप बड़े फ़ख़्र से कहा करते थे कि हमारी बच्ची बचपन में कभी रोई नहीं।

नज़ीर और फ़ोतो में मुहब्बत की पैंगे बढ़ती गयीं। नज़ीर फ़ातो को देखता तो उसे यूँ महसूस होता कि उसने अपनी रूह का अक्स आइने में देख लिया है। और फातो तो उसकी गरवीदा थी इसलिए कि वह उसकी बड़ी ख़ातिरदारी करता था...उसको यह चीज़...जिसे मुहब्बत कहते हैं, पहले कभी नसीब नहीं हुई थी। इसलिए वह बहुत खुश थी।

बानिहाल में तो कोई अख़बार मिलता नहीं था, इसलिए नज़ीर को बटोत जाना पड़ता था। वहाँ वह देर तक डाकख़ाने के अन्दर बैठा रहता। डाक आती तो अख़बार पढ़ के पनचक्की पर चला आता। क़रीब-क़रीब छह मील का फ़ासला था, मगर नज़ीर इसका कोई ख़याल न करता। यह समझता कि चलो वरज़िश ही हो गयी है।

जब वह पनचक्की के पास पहुँचता तो फ़ातो किसी-न-किसी बहाने से बाहर निकल आती और दोनों चनाब के पास पहुँच जाते और पत्थरों पर बैठ जाते।

फ़ातो उससे कहती..."ख़बरें...आज की ख़बरें सुनाओ।"

उसको ख़बरें सुनने का ख़ब्त था। नज़ीर अख़बार खोलता और उसको ख़बरें सुनाना शुरू कर देता। उन दिनों फ़रख़ावाराना फ़सादात थे...अमृतसर से क़िस्सा शुरू हुआ था। जहाँ सिखों ने मुसलमानों के कई मुहल्ले जला के राख कर दिये थे। वह यह सब ख़बरें उसको सुनाता। वह सिखों को अपनी गँवार जबान में बुरा-भला कहती। नज़ीर ख़ामोश रहता।

एक दिन अचानक यह ख़बर आयी कि पाकिस्तान क़ायम हो गया है और हिन्दोस्तान से इलाहिदा हो गया है। नज़ीर को तमाम वाक़ियात का इल्म था, मगर जब उसने पढ़ा कि हिन्दोस्तान ने रियासत मागरोल और मानावार पर ज़बरदस्ती क़ब्ज़ा कर लिया है तो वह बहुत परेशान हुआ, मगर उसने अपनी इस परेशानी को फ़ातो पर जाहिर न होने दिया।

दोनों का इश्क़ अब बहुत इस्तवार हो चुका था। इसका इल्म फातो

के बाप को भी हो गया था। वह खुश था कि मेरी लड़की एक मुअज़्ज़िज़ और शरीफ़ घराने में जायेगी। मगर वह चाहता था कि उसकी बेटी सियालकोट न जाय जहाँ का नज़ीर रहने वाला था। उसकी यह ख़्वाहिश थी कि नज़ीर उसी के पास रहे।

दौलतमन्द का बेटा है...पनचक्की के पास काफ़ी ज़मीन पड़ी है। उस पर एक छोटा सा मकान बनवा ले और दोनों मियाँ-बीवी उसमें रहें। जब चाहा पलक झपकते श्रीनगर पहुँच गये। वहाँ दो-एक महीने रहे। फिर वापस आ गये। कभी-कभार सियालकोट भी चले गये कि वह भी इतनी दूर नहीं।

फ़ातो के बाप से नज़ीर ने मुफ़स्सल गुफ़्तगू की। वह उससे बहुत मवास्सिर हुआ और उसने अपनी रज़ामन्दी का इज़हार कर दिया। नज़ीर और फातो बहुत खुश हुए। उस रोज़ पहली मरतबा नज़ीर ने उसके होंठों को चूमा। और ख़ुद अपने हाथ से उसके कुर्ते में बटन लगाये।

दूसरे दिन नज़ीर ने अपने वालदैन को लिख दिया कि वह शादी कर रहा है। कश्मीर की एक देहाती लड़की से जिससे उसको मुहब्बत हो गयी है। एक माह तक ख़तोकिताबत होती रही। आदमी रौशन ख़याल थे इस लिए वह मान गये, हालाँकि वह अपने बेटे की शादी अपने ख़ानदान में करना चाहते थे।

उसके वालिद ने जो आख़री खत लिखा उसमें इस ख़्वाहिश का इज़हार किया गया था कि नज़ीर फ़ातमा का फ़ोटो भेजे ताकि वह अपने रिश्तेदारों को दिखाएँ इसलिए कि वह उसके हुस्न की बड़ी तारीफ़ें कर चुका है।

लेकिन बानिहाल जैसे दूर उफ़तादा इलाके में वह फ़ातो की तस्वीर कैसे हासिल करता। उसके पास कोई कैमरा नहीं था न वहाँ कोई फ़ोटोग्राफ़र। बटोत और कुर्द में भी उनका नामों निशान नहीं था।

इत्तिफ़ाक से एक दिन श्रीनगर से मोटर आयी नज़ीर सड़क पर खड़ा था। उसने देखा कि उसको उसका एक दोस्त रणबीर सिंह ड्राइव कर रहा है। उसने बुलन्द आवाज़ में कहा, "रणबीर यार...ठहरो।"

मोटर ठहर गयी। दोनों दोस्त एक-दूसरे से गले मिले। नज़ीर ने देखा कि उसकी मोटर में कैमरा पड़ा है। रोली फ्लैक्स। नज़ीर ने उससे कुछ देर बातें कीं, फिर पूछा, "तुम्हारे कैमरे में फ़िल्म है?"

रणबीर ने हँस कर कहा, “ख़ाली कैमरा और ख़ाली बन्दूक किस काम की होती है...मेरे कैमरे में सोलह इक्सपोज़ेर मौजूद है।”

नज़ीर ने फ़ौरन फ़ातो को ठहराया और अपने दोस्त रणबीर से कहा, “यार इसके तीन चार अच्छे पोज़ ले लो। और तुम मेरा ख़याल है सियालकोट जा रहे हो, वहाँ से डिवलप और प्रिण्ट कराके, मुझे दो-दो कापियाँ बटोत के डाकख़ाने के मारफत भिजवा देना।”

रणबीर ने बड़े ग़ौर और बड़ी दिलचस्पी से फ़ातो को देखा। उसकी मोटर में डोगरा फ़ौज के तीन-चार सिपाही थे। थ्री नाट थ्री बन्दूक लिए।

रणबीर जो मुकाम फ़ोटो लेने के लिए पसन्द करता यह मुसल्लह फ़ौजी उसके पीछे-पीछे होते। नज़ीर उनके हमराह होना चाहता तो यह डोगरे उसे रोक देते।

कश्मीर में हुल्लड़ मच रहा था इसके मुतअल्लिक नज़ीर को अच्छी तरह मालूम था कि हिन्दोस्तान उस पर काबिज़ होना चाहता है, मगर पाकिस्तानी इसकी मदाफ़िअत कर रहे हैं।

फ़ोटो ले कर जब नज़ीर का दोस्त रणबीर अपनी मोटर के पास आया तो उसने नज़ीर की तरफ़ आँख उठा कर भी न देखा। फ़ातो डोगरे फ़ौज़ियों की गिरफ़्त में थी। उन्होंने ज़बरदस्ती मोटर के अन्दर डाला। वह चीख़ी चिल्लाई। नज़ीर को अपनी मदद के लिए पुकारा...मगर वह आज़िज़ था...डोगरे फ़ौजी संगीनें ताने खड़े थे।

जब मोटर स्टार्ट हुई तो नज़ीर ने अपने दोस्त रणबीर से बड़ी आजज़ाना लहजे में कहा, “यार रणबीर, यह क्या हो रहा है।”

रणबीर सिंह ने जो कि मोटर चला रहा था, नज़ीर के पास गुज़रते हुए हाथ हिला कर सिर्फ़ इतना कहा...

“बाई बाई।”

माई जनते

माई जनते सिली पर फटफटाती घिसटती कुछ इस अन्दाज़ में अपने मैले चिकट में दाख़िल हुई ही थी कि सब घर वालों को मालूम हो गया कि वह आ पहुँची है। वह रहती उसी घर में थी जो ख़्वाजा करीम बख़्श मरहूम का था, अपने पीछे काफ़ी जायदाद, एक बेवा, दो जवान बच्चियाँ छोड़ गया था। आदमी पुरानी वज़ा का था ज्यों ही यह लड़कियाँ नौ-दस बरस की हुईं, उनको घर की चारदीवारी में बैठा दिया और पहरा भी ऐसा कि वे खिड़की तक के पास खड़ी नहीं हो सकतीं। मगर जब वह अल्ला को प्यारा हुआ तो उनको आहिस्ता-आहिस्ता थोड़ी सी आज़ादी हो गयी। अब वह लुक-छुप कर नॉविल भी पढ़ती थीं। अपने कमरे के दरवाज़े बन्द करके पौडर लिपस्टिक भी लगाती थीं। उनके पास विलायत की सी हुई अंगिया भी थी...मालूम नहीं यह सब चीज़ें कहाँ से मिल गयी थीं। बहरहाल इतना ज़रूर है कि उनकी माँ को जो अभी तक अपने ख़ाविन्द के सदमे को भूल न सकी थी, उन्हें इन बातों का कोई इल्म नहीं था। वह ज़्यादातर कुरआन मजीद की तिलावत और पाँच वक़्त की नमाज़ों की अदाइगी में मसरूफ़ रहती और अपने मरहूम शौहर की रूह को सवाब पहुँचाती रहती।

घर में कोई मर्द नौकर नहीं था, मरहूम के बाप की ज़िन्दगी में, न मरहूम के ज़माने में। न उनकी पुरानी वज़आदारी का सुबूत है। आम तौर पर एक या दो मुलाज़माएँ होती थीं जो बाहर से सौदा सुल्फ़ भी लायें और घर का काम भी करें।

दसवीं जमाअत ख़ुद मरहूम ने अपनी बच्चियों को पढ़ा कर पास कराई थी। कॉलेज की तालीम के वह यकसर ख़िलाफ़ थे। वह उनकी फ़ौरन शादी कर देना चाहते थे मगर यह तमन्ना उनके दिल ही में

रही। एक दिन अचानक फ़ालिज गिरा। इस मूज़ी मर्ज़ ने उनके दिल पर असर किया और वह एक घंटे के अन्दर-अन्दर राहीये मुल्के अदम हुए।

बाप की वफ़ात से लड़कियाँ बहुत उदास रहने लगीं। उन्होंने एक दिन माँ से इलतिजा की कि वह उनको किसी कॉलेज में दाख़िल कर दे। पर जब ज़्यादा इसरार हुआ और उन्होंने कई दिन खाना न खाया तो उसने मजबूरन उनको एक जनाना कॉलेज में दाख़िल करा दिया।

माई जनते ने वादा कि वह हर रोज़ उनको सुबह कॉलेज छोड़ आयेगी। सारा वक़्त वहीं रहेगी और जब कॉलेज बन्द होगा तो उन्हें अपने साथ ले आया करेगी। उसने अपनी मालकिन से यह वादा कुछ ऐसे खुलूस अन्दाज़ में किया कि वहीदा बानो मरहूम ख़्वाजा करीम बख़्श की यह बेटियाँ नहीं ख़ुद उसकी जनी है।

उसने बहू बेटियों को पर्दे में रखने की हिमायत में अपने अन्दाज़ में मौलवियों की तरह एक लम्बी चौड़ी तक़रीर भी की, लेकिन फिर यह कहा तालीम भी ज़रूरी है कि इसलाम इससे मना नहीं करता। पर देखभाल बहुत ज़रूरी है, जवान जहान हैं। इन पर कड़ी निगरानी होनी चाहिए...मैं तो उनके पास कोई मक्खी भी न झटकने दूँ। कोई ऐसी वैसी शरारत करेंगी तो वह कान ऐंठूँगी कि बिलबिला उठेंगी। और याद करेंगी किस बुढ़िया से पाला पड़ा है...लेकिन यह क्यों करने लगीं। शरीफ़ ख़ानदान की हैं...रोज़े नमाज़ की पाबन्द हैं...और बे समझ भी नहीं, नेको बद अच्छी तरह समझती हैं।

दोनो लड़कियों में ज़्यादा फ़र्क नहीं था। एक बरस के फ़र्क के बाद ही छोटी जिसका नाम नसरीन था, पैदा हुई थी। बड़ी का नाम परवीन था।

दोनों ख़ूबसूरत थीं। चेहरे मोहरे से ख़ासी अच्छी क़द मौज़ूँ। शक्ल आपस में काफ़ी मिलती थी। दोनों हरवक़्त इकट्ठी खेलतीं। मगर गुड़ियों का ज़माना अर्सा हुआ लद चुका था। अब जवानी की शरारतों के दिन थे। कॉलेज में जाते ही उन्होंने पर-पुर्ज़े निकाले और इधर-उधर उन तितलियों की तरह जिनको किसी फूल की तलाश हो। इधर-उधर फड़फड़ाना शुरू कर दिया।

माई जनते साथ होती थी...वह कॉलेज की बूढ़ी चपरासिन के साथ

उस वक़्त हुक्का पीती रहती जो पास ही क्वार्टर में रहती थी। दोनों हम उमरी के बायस बहुत जल्द गहरी सहेलियाँ बन गयी थीं। जब दोनों एक साथ बैठतीं तो उस ज़माने की बातें छिड़ जातीं जब कि वह भी जवान थीं। चपरासिन को किसी लड़की से रग़बत था मुहब्बत नहीं थी।

वह माई जनते को बड़ी पुरानी कहानियाँ सुनातीं। फलाँ सन् में एक बैरिस्टर की लड़की को हमल हो गया था जो बड़ी मुश्किल से गिराया गया। प्रिंसिपल साहब को दस हज़ार रिश्वत के मिले कि उसका मुँह बन्द रहे...पर साल एक लड़की जो बड़े ऊँचे घराने की थी उससे दीनयात के मौलवी साहब को इश्क़ हो गया। चुनांचे मौका पा कर उस लौंडिया को दबोच लिया। पकड़े गये और कॉलेज से दाढ़ी और बुर्क़ा दोनों पुलिस के हाथों में। दाढ़ी तो पाँच साल की कैद भुगत रही है। मालूम नहीं उस रेशमी बुर्क़ा का क्या हुआ...बुआ मैं तो ऐसी बातों पर ध्यान नहीं देती...मुझे क्या गर्ज़ पड़ी है कि इन कुत्तियों के कारनामों पर अपना वक़्त जाया करूँ।"

माई जनते ने हुक्के की नै मुँह से अलग कर दी, "न बुआ ऐसी बातें नहीं किया करते...वह क्या कहावत है कि वह कौन-सा शहसवार है जो नहीं गिरा...और वह कौन सा पत्ता है जो नहीं हिला...ख़ुदा तुम्हारा भला करे...हम लोगों को ख़ामोश ही रहना चाहिए और अल्ला मियाँ से दुआ करनी चाहिए कि वह किसी की बहू-बेटी को बुरे कामों की तरफ़ न ले जाय। उनकी इज़्ज़त आबरू अपने करम से सँभाले रखे।"

चपरासिन उसकी बातों से बहुत मुतास्सिर हुई कि कितनी नेक औरत है...उसको दिल ही दिल में बड़ी निदामत हुई कि उसने इतनी लड़कियों में कीड़े डाले और उनके राज़ अफ़शा किये। उसने चुनांचे फ़ौरन माई जनते से माफ़ी और कानों को हाथ लगाया कि आइन्दा वह ऐसी बातों से दूर ही रहेगी। किसी लड़की के बारे में उसे कुछ पता भी चल गया तो वह अपनी जबान बन्द रखेगी।

माई जनते ने उसे बड़ी शाबाशियाँ दी। इतने में कॉलेज छूट गया। उसने नसरीन और परवीन को साथ लिया और गेट के बाहर जा कर उसने उनसे कहा, "आज तुम्हें शाम को यहाँ नहीं आना पड़ेगा?"

परवीन ने जवाब दिया, "हमें तो किसी ने नहीं कहा।"

"असल में तुम दोनों बहुत बेवकूफ़ हो...ध्यान से हर बात सुना करो...मैं तुम्हें किसी से पूछ कर बता दूँगी।" घर पहुँच कर माई जनते ने उनके लिए चाय तैयार की और बड़ी फुरती से मेज़ पर लगा दी। फिर वह उनकी माँ के पास अपनी प्याली ले कर बैठ गयी और चपरासिन से उसकी जो बातें हुई थीं मनोअन सुना दी। उसने आख़िर में उसको मशवरह दिया कि पैदल आना जाना ठीक नहीं...मेरा ख़याल है कि आप किसी ताँगे का बन्दोबस्त कर दें तो ठीक रहे...पैदल चलो, तो कोई गुण्डा कन्धा ही रगड़ दे बेटियों के साथ।

माई जनते का यह मशविरह बड़ा माकूल था चुनांचे ताँगे का बन्दोवस्त दूसरे ही रोज़ हो गया...माई जनते ने एक ताँगे वाले से महीने भर का किराया तै कर लिया।

दूसरे तीसरे राज अपनी मालकिन वहीदा बानो को यह ख़बर सुनाई कि पड़ोस में दीवार के साथ जो जगह ख़ाली हुई थी उसमें नये किरायेदार आन बसे हैं।

वहीदा बानो ने पूछा, "कौन लोग है?"

"जाने हमारी...होंगे कोई ऐरे-गैरे नत्थू खैरे...मैं तो किसी से पूछा नहीं।"

एक दिन दूसरी तरफ़ से कोठे पर से किसी शख़्स ने ऐसे ही झाँक कर उनके सेहन में देखा...एक हंगामा होते-होते रह गया।

माई जनते कहीं बाहर गयी थीं। वहीदा बेगम ने फ़ौरन किवाड़ की ओट में खड़े हो कर मुहल्ले के एक छोटे से लड़के को बुलाया और कहा, "अगर पड़ोस वाले मकान में जो नये किरायेदार आये हैं उनमें कोई औरत हो तो उनसे कहो आपकी हमासाई बेगम साहिबा आपसे दरख़्वास्त करती हैं कि दो घड़ी के लिए तशरीफ़ ले आइए बड़ी मेहरबानी होगी।"

लड़का पैग़ाम ले कर चला गया...कोई आधे घण्टे बाद दरवाज़े पर दस्तक हुई। परवीन और नसरीन अपने कमरे में पढ़ रही थीं। इसलिए उसने ख़ुद दरवाज़ा खोला...देहलीज पर एक सफ़ेद बुर्क़ापोश खातून खड़ी थीं। उसने बड़े मुलायम लहज़े में वहीदा बेगम से पूछा, "क्या आपही ने मुझे याद फरमाया है?"

वहीदा बेगम ने जवाब दिया, "जी हाँ...तशरीफ़ ले आइए।"

वह अन्दर चली आयी। दोनों बाहर बिछे हुए तख़्त पर बैठ गयीं। वहीदा बेगम की समझ में नहीं आता था कि वह गुफ़्तगू का आग़ाज़ कैसे करें...दोनों चन्द लमहात एक-दूसरे की शक्ल और कपड़े लत्तों का जायज़ा लेती रहीं।

आखिर हमसाई ही ने महरे ख़ामोशी तोड़ी और पूछा, "फ़रमाइए आपने मुझे दौलतख़ाने में कैसे बुलाया।"

इस पर वहीदा बेगम को अपनी शिकायत के इज़हार का मौक़ा मिल गया और उसने बड़ी बुर्दबारी और तहम्मुल से सुबह का हादसा बयान कर दिया और पूछा, "वह कौन साहबजादे हैं जो इस तरह पराये घर में ताक-झाँक करते हैं?"

मेरा लड़का है बहन...वह तो ऐसा नहीं...बड़ा शरमीला है...चूँकि हम नये-नये उठकर यहाँ आये हैं इसीलिए उसने कोठे पर चढ़ कर देखा होगा कि आस-पास क्या होगा...वैसे मैं उसको मना कर दूँगी कि ख़बरदार तुमने इधर किया, किसी तरफ़ भी नज़र उठा कर देखा...बड़ा बरख़दीर लड़का है...ज़रूर मेरे हुक्म की तामील करेगा। मैंने अगर उसके बाप से आपकी शिकायत की तो वह उसकी मार-मार के ख़ाल उधेड़ देंगे...बड़े सख़्तगीर हैं वह इस मामले में...वैसे मुझे अफ़सोस है।"

"नहीं मैंने सिर्फ़ आपके कानों तक यह बात पहुँचाई थी कि बदमजगी न पैदा हो...यह कह कर वहीदा बेगम उठीं और पुकारी "परवीन...नसरीन इधर आओ ज़रा।"

दोनों लपक कर बाहर निकलीं लेकिन एक नादीदा औरत को देख कर ठिठक गयीं। दोपट्टे के बग़ैर फ़ौरन अन्दर भागीं और दोपट्टे ओढ़ कर बाहर आयीं, नौवारिद औरत को झुक कर सलाम किया और अपनी माँ से पूछा, "क्यों अम्मी जान?"

वहीदा बेगम ने अपनी हमसाई से मुतआरिफ़ कराया...उसने उनको लाख-लाख दुआयें दीं और उनकी ख़ूबसूरती की बड़ी तारीफ़ की कि माशाअल्ला चन्दे आफ़ताब चन्दे माहताब। फिर उसने कहा, "मेरा सलीम बिलकुल इन्ही की तरह शरीफ़ और शरमीला है।"

चन्द दिनों ही में वहीदा और हमसाई जिसका नाम नाज़ली बेगम था बड़े गहरे मरासिम हो गये। वहीदा बेगम उनके यहाँ नहीं जाती थी।

उसने नाज़ली बेगम से कहा, "मैं सर आँखों पर आती...सौ-सौ दफ़ा आती पर जब से ख़्वाजा साहब का इन्तिकाल हुआ है मैंने दिल में क़सम खा ली थी इस घर से बाहर एक क़दम न रखूँगी...बहन देखो ख़ुदा के लिये मज़बूर न करना।"

इसी असना में कॉलेज में कई फ़ंक्शन हुए। कभी कोई मबाहिसा है, कभी लैण्डन शो है, कभी मुशायरा...कभी कुछ कभी कुछ। परवीन और नसरीन दोनों इन प्रोग्रामों में शामिल होती थीं, मगर माई जनते साथ होती और उनको ले कर बाहिफ़ाज़त वापस घर आती ख़्वाह जल्दी ख़्वाह देर से।

ईद से चार रोज़ पहले सलीम वापस आया। साथ उसके बग़ली दोस्त क़ादिर था। वहीदा बेगम ने उसको मुन्दरजा वाला वाक़ये के बाद जब उसने इत्तफ़ाक़न वहीदा बेगम के सेहन के एक नज़र देख लिया, गुजरानवाला भेज दिया था जहाँ उसके वालिद की आबाई अजदादो इमलाक थी...उसने अब उसे ख़त लिख कर बुलाया था कि ईद से पहले पहले यहाँ लाहौर चले आओ। वह आ गया। और साथ ही अपने ज़िगरी दोस्त को भी ले आया। घर में उसे सब जानते थे इसलिए कि वह इकट्ठे स्कूल और कॉलिज में पढ़े। यहाँ लाहौर में उठ आने की सिर्फ़ एक वजह थी कि सलीम के वालिद उसके लिए अपने असरो रसूख़ से कोई अच्छी मुलाज़मत तलाश करना चाहते थे।

दूसरे रोज़ शाम को कादिर से सलीम से कहा, "चलो यार आज अय्याशी करें गुजरानवाला में क्या पड़ा है।"

सलीम ने पूछा "अय्याशी कैसी।"

क़ादिर मुस्कुराया "तुम तो निरे खरे चुग़द...चलो आओ बाहर तुम्हें बताता हूँ देखेंगे क़िस्मत में क्या लिखा है।"

दोनों दोस्त चले गये। इतने में वहीदा बेगम के पास उसकी हमसाई आयी...उसने इधर-उधर की बातों के बाद अपना हरफ़े मुद्दआ बयान कर दिया कि वह अपने सलीम के लिए नसरीन का रिश्ता माँगने आयी है।

ज़्यादा हील हुज्ज़त कोई भी न हुई। वहीदा उन-लोगों के इख़लाक से बहुत मुतास्सिर हुई। चन्द रस्मी बातें हुईं इसके बाद दोनों रज़ामन्द हो गयीं कि उनका निकाह ईद की तक़रीब सईद पर हो जाय और

रुख़सती एक माह के बाद।

रात को सलीम देर से आया मगर उसकी माँ ने कोई बाज़ पुर्स न की क्योंकि वह बहुत खुश थी कि इतनी जल्दी उसके बेटे की शादी का मामला नसरीन ऐसी हसीनों जमील और बाहया लड़की से तै पा गया। उसने चुनांचे यह खुश ख़बरी सलीम को सुना दी। वह भी बहुत खुश हुआ...तजर्रद की ज़िन्दगी और बेकारी से तंग आ गया था। उसने सोचा रुपया पैसा बाप के पास काफ़ी है क्या परवाह, मुलाज़मत की फ़िक्र होती रहेगी।

उसका दोस्त वापस गुज़रानवाला चला गया इसलिए कि ईद उसे अपने घर मनाना थी। सलीम ने अपनी माँ से कहा "देखिए अम्मी जान मैंने आपकी बात कितनी जल्दी मान ली...अब आप भी मानिए।"

उसकी माँ ने पूछा, "क्या बेटा?"

मुझे नसरीन की एक झलक दिखा दीजिए...ख्वाह वह दूर ही से क्यों न हो..."उसके लहजे में इलतजा थी। मेरा ख़याल है कि वह इनकार करें तो उसकी कोई फ़ोटो ही दिखा दीजिए...आखिर वह कल या परसों मेरी होने वाली है।

उसकी माँ को सलीम की यह दरख़्वास्त नापसन्द न हुई, "मैं पूरी कोशिश करूँगी बेटा।"

ईद आ गयी मगर तस्वीर न आयी...लेकिन सलीम ने किसी खफ़गी का इज़हार न किया। निकाह की रस्म बखैरो ख़ूबी खत्म हो गयी। जब वह बाहर निकला तो उसकी माँ ने किवाड़ ज़रा सा खोला और उसको आवाज़ दी। वह ठहर गया। हाथ बाहर निकाल कर उसने सलीम से कहा, "ये लिफ़ाफ़ा ले लो...देखो मैंने अपना वादा पूरा कर दिया है।"

सलीम समझ गया...आस पास कोई भी नहीं था। उसमें ताबे इन्तेज़ार कैसे होता। उसने लिफ़ाफ़ा वहीं खड़े-खड़े खोला...धड़कते हुए दिल से तस्वीर बाहर निकाली। इधर-उधर देखा और तस्वीर पर पहली निगाह डाली। उसका रंग हल्दी की तरह ज़र्द हो गया। तस्वीर उसके काँपते हुए हाथों से गिर पड़ी...इतने में सामने वाला दरवाज़ा जिसमें से उसकी माँ ने हाथ निकाला था बुढ़िया निकली...सलीम ने उसको हैरत

ज़दा आँखों से देखा, "माई तुम यहाँ कैसे पहुँच गयीं...तो उस रात तुम ही..."

उसने इससे और ज्यादा कुछ न कहा और तस्वीर जमीन पर ही छोड़ कर तेज़ क़दमों से अपने एक दोस्त डॉक्टर जमील के पास गया और सारी बात बता दी। जमील ने उसको अस्पताल में दाख़िल करा दिया, जहाँ उसके झूठ-मूठ के मर्ज़ का इलाज होता रहा...आख़िर डॉक्टर जमील ने सलीम के वालिद को बुला कर तख़लिये में कहा कि यह शादी न हो। आप का लड़का औरत के क़ाबिल नहीं है।

तमाशा

दो-तीन रोज़ से हवाई जहाज़, सियाह उकाबों की तरह पर फैलाये ख़ामोश फ़िज़ा में मँडरा रहे थे, जैसे वे किसी शिकार की तलाश में हों, सुर्ख़ आँधियाँ वक़्त-बेवक़्त किसी आने वाले ख़ूनी हादसे का पैगाम ला रही थीं, सूनसान बाज़ारों में सशस्त्र पुलिस की गश्त एक अजीब भयावह समां पेश कर रही थी, वे बाज़ार, जो आज से कुछ अर्से पहले लोगों के हुजूम से भरे हुआ करते थे, अब किसी नामालूम ख़ौफ़ की वजह से सूने पड़े थे...शहर की फ़िज़ा पर एक रहस्यमयी ख़ामोशी छाई हुई थी और भयानक ख़ौफ़ राज कर रहा था।

खालिद घर की ख़ामोश और स्तब्ध फ़िज़ा से सहमा हुआ अपने वालिद के क़रीब बैठा बातें कर रहा था, "अब्बा, आप मुझे स्कूल क्यों नहीं जाने देते?"

"बेटा, आज स्कूल में छुट्टी है।"

"मास्टर साहब ने तो हमें बताया ही नहीं, वह तो कल कह रहे थे कि जो लड़का आज स्कूल का काम ख़त्म करके अपनी कापी नहीं दिखाएगा, उसे सख़्त सजा दी जायेगी।"

"वह बतलाना भूल गये होंगे।"

"आपके दफ़्तर में भी छुट्टी होगी?"

"हाँ, हमारा दफ़्तर भी आज बन्द है।"

"चलो अच्छा हुआ, आज आपसे कोई अच्छी-सी कहानी सुनूँगा।"

यह बातें हो रही थीं कि तीन-चार जहाज़ चीख़ते हुए उनसे सिर पर से गुज़र गये, खालिद उनको देख कर बहुत भयभीत हो गया। वह तीन-चार रोज़ से इन जहाज़ी उड़ानों को ग़ौर से देख रहा था, मगर किसी नतीज़े पर नहीं पहुँच सका, वह हैरान था कि ये जहाज़ सारा

दिन धूप में क्यों चक्कर लगाते रहते हैं। वह उनकी रोज़ाना की गतिविधि से सख़्त तंग आकर बोला, "अब्बा, मुझे इन जहाज़ों से सख़्त ख़ौफ़ मालूम हो रहा है। आप इनके चलाने वालों से पहले कह दें कि वे हमारे घर पर से न गुजरा करें।"

"ख़ौफ़? कहीं पागल तो नहीं हो गये खालिद।"

"अब्बा, ये जहाज़ बहुत ख़ौफ़नाक है। आप नहीं जानते ये किसी-न-किसी दिन हमारे घर पर गोला फेंक देगे। कल सुबह मामा अम्मीजान से कह रही थीं कि इन जहाज़ वालों के पास बहुत-से गोले हैं। अब्बा, अगर उन्होंने इस क़िस्म की कोई शरारत की तो याद रखें, मेरे पास भी एक बन्दूक है, वही जो आपने मुझे पिछली ईद पर ला करदी थी।"

खालिद के अब्बा ने अपने लड़के के ग़ैरमामूली साहस पर हँसते हुए कहा, "मामा तो पागल हैं, मैं उनसे दरयाफ़्त करूँगा कि वह घर में ऐसी बात क्यों करती हैं, इत्मीनान रखो, वे ऐसी बात कभी नहीं करेंगे।"

अपने वालिद से रुखसत हो कर खालिद अपने कमरे में चला गया और हवाई बन्दूक निकालकर निशाने लगाने का अभ्यास करने लगा ताकि उस रोज़, जब हवाई जहाज़ वाले गोले फेंकें, तो उसका निशाना चूक न जाय और वह पूरी तरह बदला ले सके। काश! प्रतिशोध का यही नन्हा जज़्बा हर शख़्स में पैदा हो जाय।

इसी अर्से में जबकि एक नन्हा बच्चा अपनी बदला लेने की फ़िक्र में डूबा हुआ तरह-तरह से मनसूबे बाँध रहा था, घर के दूसरे हिस्से में खालिद का अब्बा अपनी बीवी के पास बैठा हुआ मामा को हिदायत कर रहा था कि वह आगे से घर में इस क़िस्म की कोई बात न करें जिससे खालिद को दहशत हो, मामा को और बीवी को इस क़िस्म की ताकीद करके वह अभी बड़े दरवाज़े से बाहर जा रहा था कि खादिम एक भयानक खबर लाया कि शहर के लोग बादशाह के मना करने पर भी शाम के क़रीब एक आम जलसा करने वाले हैं। और यह आशा की जाती है कि कोई-न-कोई दुर्घटना ज़रूर पेश आकर रहेगी।

खालिद का अब्बा यह ख़बर सुन कर बहुत ख़ौफ़ज़दा हुआ। अब उसे यक़ीन हो गया कि माहौल का गैरमामूली सुकून, जहाज़ों की उड़ान,

बाज़ारों में सशस्त्र पुलिस की गश्त, लोगों के चेहरों पर उदासी का आलम और ख़ूनी आँधियों की आमद किसी ख़ौफ़नाक हादसे के आसार थे। वह हादसा किस क़िस्म का होगा यह खालिद के अब्बा की तरह किसी को भी मालूम नहीं था। मगर फिर भी सारा शहर किसी नामालूम ख़ौफ़ में लिपटा हुआ था। बाहर जाने के ख़याल को तर्क करके खालिद का अब्बा अभी कपड़े भी नहीं बदल पाया था कि जहाज़ों का शोर बुलन्द हुआ, वह सहम गया। उसे लगा, जैसे सैकड़ों इंसान एक-सी आवाज़ में दर्द की शिद्दत से कराह रहे है। खालिद जहाज़ों का शोरगुल सुन कर अपनी हवाई बन्दूक सँभालता हुआ कमरे से बाहर दौड़ आया और उन्हें ग़ौर से देखने लगा, ताकि वे जिस वक़्त गोला फेंकने लगें, तो वह अपनी हवाई बन्दूक की मदद से उन्हें नीचे गिरा दे। इस वक़्त इस छह साला बच्चे के चेहरे पर मज़बूत इरादा और दृढ़ निश्चय के लक्षण प्रगट थे जो कम हक़ीक़त बन्दूक का खिलौना हाथ में थामे एक वीर सिपाही को शर्मिन्दा कर रहा था। मालूम होता था कि वह आज इस चीज़ को, जो इसे अर्से से ख़ौफ़ज़दा कर रही थी, मिटाने पर तुला हुआ है। खालिद के देखते-देखते एक जहाज़ से कुछ चीज़ गिरी, जो काग़ज़ के छोटे-छोटे टुकड़ों के समान थी...गिरते ही वे टुकड़े हवा में पतंगों की तरह उड़ने लगे। इनमें से चन्द खालिद के मकान की छत पर भी गिरे। खालिद भागता हुआ ऊपर गया और कागज़ उठाकर अपने वालिद के पास ले गया।

"अब्बाजी! मामा सचमुच झूठ बक रही थीं, जहाज़ वालों ने तो गोलों की बजाय ये काग़ज़ फेंकें है।"

खालिद के बाप ने वह काग़ज़ ले कर पढ़ना शुरू किया तो रंग जर्द हो गया ...होने वाले हादसे की तस्वीर अब उसे साफ़ तौर पर नज़र आने लगी, इस इश्तहार में साफ़ लिखा था कि बादशाह किसी को जलसा करने की इजाज़त नहीं देता और अगर उसकी मर्ज़ी के ख़िलाफ़ कोई जलसा किया गया तो अंज़ाम की जिम्मेदार स्वयं जनता होगी। अपने वालिद को इश्तहार पढ़ने के बाद इस क़दर हैरान देख कर खालिद ने घबराते हुए पूछा, "इस काग़ज़ में यह तो नहीं लिखा कि वे हमारे घर पर गोले फेंकेंगे?"

"खालिद, इस वक़्त तुम जाओ...अपनी बन्दूक के साथ खेलो।"

"मगर इसमें लिखा क्या है?"

"लिखा है, आज शाम को एक तमाशा होगा।"

खालिद के बाप ने गुफ़्तगू को अधिक बढ़ाने के डर से झूठ बोलते हुए कहा, "तमाशा होगा।"

"फिर तो हम भी चलेंगे न?"

"क्या कहा?"

"क्या इस तमाशे में आप मुझे नहीं ले चलेंगे?"

"ले चलेंगे, अब जाओ, जा कर खेलो।"

"कहाँ खेलूँ? बाज़ार में आप जाने नहीं देते। मामा मुझसे खेलती नहीं। मेरा सहपाठी भी तो आजकल यहाँ नहीं आता। अब आपही बताएँ, मैं खेलूँ तो किससे खेलूँ। शाम के वक़्त तमाशा देखने तो ज़रूर चलेंगे न?" किसी जवाब का इन्तज़ार किए बग़ैर खालिद कमरे से बाहर चला गया और अलग-अलग कमरों में आवारा फिरता हुआ अपने वालिद की बैठक में पहुँचा जिसकी खिड़कियाँ बाज़ार की तरफ़ खुलती थीं। खिड़की के क़रीब जा कर वह बाज़ार की तरफ़ देखने लगा, तो क्या देखता है कि बाज़ार में दुकानें बन्द हैं, मगर आना-जाना जारी है। लोग जलसे में शामिल होने के लिए जा रहे थे। वह सख़्त हैरान था कि दुकानें क्यों बन्द रहती हैं, इस मसले के हल के लिए उसने अपने नन्हें दिमाग़ पर बहुतेरा ज़ोर दिया, मगर कोई नतीजा न निकाल सका। बहुत सोच-विचार के बाद उसने सोचा कि लोगों ने वह तमाशा देखने की ख़ातिर, जिसके इश्तहार जहाज़ बाँट रहे थे, दुकानें बन्द कर रखी हैं। अब उसने ख़याल किया कि वह कोई निहायत ही दिलचस्प तमाशा होगा, जिसके लिए तमाम बाज़ार बन्द हैं। इस ख़याल ने खालिद को सख़्त बेचैन कर दिया और वह उस वक़्त का बेकरारी से इन्तज़ार करने लगा जब अब्बा उसे तमाशा दिखलाने ले चलें।

वक़्त गुज़रता गया...वह ख़ूनी घड़ी क़रीबतर आती गयी।

तीसरे पहर का वक़्त था, खालिद, उसका बाप और माँ सहन में चुप बैठे एक-दूसरे की तरफ़ ख़ामोश निगाहों से ताक रहे थे, हवा सिसकियाँ भरती हुई चल रही थीं। तड़...तड़ की आवाज़ सुनते ही खालिद के बाप के चेहरे का रंग काग़ज़ की तरह सफ़ेद हो गया। जबान से मुश्किल से इतना ही कह सका, "गोली!"

खालिद की माँ भयातिरेक से एक शब्द भी मुँह से न निकाल सकी। गोली का नाम सुनते ही उसे ऐसा मालूम हुआ जैसे उसकी छाती में गोली उतर रही है। खालिद इस आवाज़ को सुनते ही अपने वालिद की अँगुली पकड़कर कहने लगा, “अब्बा जी, चलो चलें। तमाशा तो शुरू हो गया है।”

“कौन-सा तमाशा?” खालिद के बाप ने अपने ख़ौफ़ को छुपाते हुए कहा।

“वही तमाशा, जिसके इश्तहार आज सुबह जहाज़ बाँट रहे थे... खेल शुरू हो गया है, तभी तो इतने पटाखों की आवाज़ सुनाई दे रही है।”

“अभी बहुत वक़्त बाक़ी है। तुम शोर मत करो...अब जाओ, मामा के पास जा कर खेलो।” खालिद यह सुनते ही बावर्चीख़ाने की तरफ़ रवाना हो गया मगर वहाँ मामा को न पाकर अपने वालिद की बैठक में जा कर खिड़की से बाज़ार की तरफ़ देखने लगा। बाज़ार आमदरफ़्त बन्द हो जाने की वजह से सांय-सांय कर रहा था। दूर फ़ासले से कुत्तों की दर्दनाक चीख़ें सुनाई दे रही थीं। कुछ क्षणों के बाद इन चीख़ों में इंसानों की दर्दनाक आवाज़ें शामिल हो गयीं। खालिद किसी को कराहते सुन कर बहुत हैरान हुआ। अभी वह इस आवाज़ की जुस्तजू के लिए कोशिश ही कर रहा था कि चौक में उसे एक लड़का दिखायी दिया जो चीख़ता-चिल्लाता भागता चला आ रहा था। खालिद के कमरे के ठीक सामने वह लड़का लड़खड़ाकर गिरा और गिरते ही बेहोश हो गया। उसकी पिंडली पर गहरा जख़्म था जिससे फव्वारों ख़ून निकल रहा था। यह दृश्य देख कर खालिद बहुत ख़ौफ़ज़दा हुआ। भागकर अपने वालिद के पास आया और कहने लगा।

“अब्बा! अब्बा! बाज़ार में एक लड़का गिरा पड़ा है। उसकी टाँग से बहुत ख़ून निकल रहा है।”

खालिद का बाप ये सुनते ही खिड़की की तरफ़ गया और देखा कि वाक़ई हक नौजवान बाज़ार में औधे मुँह पड़ा है। बादशाह के ख़ौफ़ के कारण किसी में इतना साहस नहीं था कि इस लड़के को सड़क पर से उठाकर सामने वाली दुकान के पट्टे पर लिटा दे।

“अब्बा, इस लड़के को किसी ने पीटा है?”

खालिद का बाप हाँ में सिर हिलाता कमरे के बाहर चला गया।

अब खालिद कमरे में अकेला रह गया। वह सोचने लगा कि इस लड़के को इतने बड़े ज़ख़्म से कितनी तकलीफ़ हुई होगी, जबकि एक दफ़ा उसे चाकू चुभने से ही तमाम रात नींद नहीं आयी थी। उसका बाप और उसकी माँ तमाम रात उसके सिरहाने बैठे रहे थे। इस ख़याल के आते ही उसे ऐसा मालूम होने लगा कि जैसे यह ज़ख़्म ख़ुद उसकी पिंडली में है और उसमें बहुत तेज़ दर्द है। यह एकदम रोने लगा।

खालिद के रोने की आवाज़ सुन कर उसकी माँ दौड़ी-दौड़ी आयी और उसको गोद में ले कर पूछने लगी, "मेरे बच्चे, रो क्यों रहे हो?"

"मम्मी, उसे किसी ने मारा है।"

"शरारत की होगी उसने।"

"मगर स्कूल में तो छड़ी से सज़ा देते हैं, लहू तो नहीं निकालते।"

"छड़ी ज़ोर से लग गयी होगी।"

"तो फिर क्यों इस लड़के का वालिद स्कूल में जा कर उस्ताद पर ख़फ़ा न होगा, जिसने उस लड़के को इस क़दर मारा है। एक रोज़ जब मास्टर मेरे कान खींचकर सुर्ख़ कर दिये थे तो अब्बा जी ने हेडमास्टर के पास शिकायत की थी न।"

"इस लड़के का मास्टर बहुत बड़ा आदमी है।"

"अल्लाह मियाँ से भी बड़ा?"

"नहीं, उनसे छोटा है।"

"तो, फिर वह अल्लाह मियाँ के पास शिकायत करेगा?"

"अब देर हो गयी है, चलो सोएँ,"

"अल्लाह मियाँ, मैं दुआ करता हूँ कि तू उस मास्टर को, जिसने इस लड़के को पीटा है, अच्छी तरह सज़ा दे और उस छड़ी को छीन ले, जिसके इस्तेमाल से ख़ून निकल आता है...मैंने पहाड़ें याद नहीं किये इसलिए मुझे डर है कि कहीं वही छड़ी मेरे उस्ताद के हाथ न आ जाय।...अगर तुमने मेरी बात न मानी तो फिर मैं भी तुमसे नहीं बोलूँगा।"

सोते वक़्त खालिद दिल में दुआ माँग रहा था।

बारिश

मूसलाधार बारिश हो रही थी, और वह अपने कमरे में बैठा जलथल देख रहा था...बाहर बहुत बड़ा लॉन था। जिसमें दो दरख़्त थे। इनके सब्ज़ पत्ते बारिश में नहा रहे थे। उसको ऐसा महसूस हुआ कि वह पानी की इस बारिश से खुश हो कर नाच रहे हैं।

उधर टेलीफ़ून का एक खम्बा गड़ा था उसके फ्लैट के ऐन सामने। यह भी मसरूर नज़र आता था, हालाँकि उसकी मसर्रत की कोई वजह मालूम नहीं होती थी। इस बेंजान शै को भला मसरुर क्या होना था... लेकिन तनवीर ने जो कि बहुत मग्सूम था यही महसूस किया कि उसके आस-पास जो भी शै है खुशी में नाच गा रही है।

सावन गुज़र चुका था और बाराने रहमत नहीं हुई थी। लोगों ने इकट्ठे हो कर मस्जिदों में दुआयेँ माँगी मगर कोई नतीजा बरामद नहीं हुआ। बादल आते-जाते रहे मगर उनके थनों से पानी का एक क़तरा भी न टपका।

आखिर एक दिन अचानक काले-काले बादल आसमान पर घिर आये और छाजो पानी बरसने लगा। तनवीर को बादलों और बारिशों से क़ोई दिलचस्पी नहीं थी...उसकी ज़िन्दगी चटयक मैदान बन चुकी थी जिसके मुँह में पानी का एक क़तरा भी किसी ने न टपकाया हो।

दो बरस पहले उसने एक लड़की जिसका नाम सुरय्या था, मुहब्बत करना शुरू की। मगर यह एकतरफ़ा थी। सुरय्या ने उसे दरख़ोर एतना ही न समझा।

सावन के दिन थे बारिश हो रही थी। वह अपनी कोठी से बाहर निकला जाँघिया पहन कर कि नहाये और बारिश का लुत्फ़ ले। आम बालटी में पड़े थे। वह अकेला बैठा उन्हें चूस रहा था कि अचानक उसे

चीख़ें और कहकहे सुनाई दिये।

उसने देखा कि साथ वाली कोठी की लॉन में दो लड़कियाँ बारिश में नहा रही हैं और खुशी में शोर मचा रही हैं। उसकी कोठी और साथ वाली कोठी के दरमियान सिर्फ़ एक झाड़ियों की दीवार हायल थी।

तनवीर उठा। आम का रस चूसते हुए वह बाड़ के पास गया और ग़ौर से उन दोनों लड़कियो को देखा।

दोनों महीन मलमल के कुर्ते पहने थीं जो उनके बदन के साथ चिपके हुए थे। शलवार चूँकि लट्ठे की थी। इसलिए तनवीर को उनके बदन के निचले हिस्से का सही ख़दोखाल का पता न चला सका।

उसने पहले किसी औरत को ऐसी नज़रों से कभी नहीं देखा था जैसा कि उस रोज़ जब कि बारिश हो रही थी। उसने उन दोनों लड़कियों को देखा...देर तक वह उनको देखता रहा जो बारिश में भीग-भीग कर खुशी के नारे बुलन्द कर रही थीं।

तनवीर ने उनको पहले कभी नहीं देखा था, इसलिए कि वह तब वह कुछ इस क़िस्म का लड़का था कि वह किसी लड़की को बुरी नज़रों से देखना गुनाह समझता था। मगर उस रोज़ उसने बड़ी ललचाई निगाहों से उनको देखा...देखा ही नहीं बल्कि उनके गीले बदन में अँगारा बन कर बरमें की तरह छेद करता रहा।

तनवीर की उम्र उस वक़्त बीस बरस के क़रीब होगी। न तजुरबाकार था। ज़िन्दगी में उसने पहली मरतबा जवान लड़कियों के शबाब को गीली मलमल में लिपटे देखा, तो उसने यूँ महसूस किया कि उसके ख़ून में चिंगारियाँ दौड़ रही हैं।

उसने उन दोनों लड़कियों में एक को मुनतखिब करना चाहा...देर तक वह ग़ौर करता रहा...एक लड़की बड़ी शरीर थी...दूसरी उससे कम। उसने सोचा शरीर अच्छी रहेगी जो उसको शरारतों का सबक दे सके।

यह शरीर लड़की ख़ूबसूरत थी, उसके बदन के आज़ा भी बहुत मुनासिब थे। बारिश में नहाती जलपरी मालूम होती थी...थोड़ी देर के लिए तनवीर शायर बन गया। उसने कभी इस तौर पर नहीं सोचा था लेकिन इस लड़की ने जिसका कुर्ता दूसरी के मुक़ाबले बहुत ज़्यादा महीन था उसको ऐसे ऐसे शेर याद करा दिये जिनको वह अर्सा हुआ

भूल चुका था।

इसके अलावा रेडियो पर सुने हुए फ़िल्मी गानों की धुनें भी उसके कानों में गूँजने लगी। और उसने बाड़ के पीछे यह महसूस करना शुरू कर दिया कि वह अशोक कुमार है...दिलीप कुमार है...फिर उसे कामिनी कौशल और नलिनी जयवन्त का ख़याल आया...मगर उसने जब उस लड़की की तरफ़ इस ग़र्ज़ से देखा तो उसमें कामिनी कौशल के खदोख़ाल नज़र आ जायें, तो उसने इन दोनों ऐक्ट्रसों पर लानत भेजी...वह उनसे कहीं ज़्यादा हसीन थी...उसके मलमल के कुर्ते में जो शबाब था, उसका मुक़ाबला उसने सोचा कोई भी नहीं कर सकता।

तनवीर ने आम चूसने बन्द कर दिये। और उस लड़की से जिसका नाम परवीन था इश्क़ लड़ाना शुरू कर दिया।

शुरू-शुरू में उसे बड़ी मुश्किलात पेश आयी, इसलिए कि उस लड़की तक रसाई तनवीर को आसान नहीं मालूम होती थी। फिर उसे अपने वालदैन का भी डर था। इसके अलावा उसे यह भी यक़ीन नहीं था कि वह उससे मुलतफित होगी या नहीं?

बहुत देर तक वह इन्हीं उलझनों में गिरफ़्तार रहा...रातें जागता... झाड़ियों की पस्त क़द बाड़ तक के पास जाता मगर वह नज़र न आती। घण्टों वहाँ खड़ा रहता, और वह बारिश वाला मनज़र जो उसने देखा था आँखें बन्द करके अपने ज़हन में दोहराता रहता।

बहुत दिनों के बाद आखिर उसको एक रोज़ उससे मुलाक़ात करने का मौका मिल गया। वह अपने बाप की कार में घर के किसी काम की ग़र्ज़ से जा रहा था कि परवीन से उसकी मुड़बेड़ हो गयी। वह कार स्टार्ट कर चुका था कि साथ वाली कोठी में से तनवीर के ख़्वाबों की शहज़ादी निकली। उसने हाथ से इशारा किया कि वह मोटर रोक ले।"

तनवीर घबरा गया...हर आशिक ऐसे मौकों पर घबरा जाया करता है...उसने मोटर कुछ ऐसे बड़े अन्दाज़ में रोकी कि उसको जबदस्त धचका लगा...उसका सर ज़ोर से स्टेरिंग व्हील के साथ टकराया, मगर वह उस वक़्त वह शराब के नशे से ज़्यादा मख़मूर था। उसको उसकी महबूबा ने ख़ुद मुख़ातिब किया था।

परवीन के होंठों पर गहरे सुर्ख़ रंग की लिपिस्टिक थुपी हुई थी... उसने सुर्ख़ मुसकुराहट से कहा "माफ़ फ़रमाइएगा मैंने आपको तकलीफ़

दी...बारिश हो रही है...ताँगा इस दूर दराज़ जगह मिलना मुहाल है... और मुझे एक ज़रूरी काम से जाना था। आप मेरे हमसाय हैं इसीलिए आपको यह जहमत दी।"

तनवीर ने कहा "ज़हमत का क्या सवाल पैदा होता है मैं तो...मैं तो..." उसकी ज़बान लड़खड़ा गयी। "आपसे मेरा तआरूफ तो नहीं लेकिन आपको एक बार देखा था।"

परवीन अपनी सुर्ख़ मुस्कुराहटों के साथ कार में बैठ गयी और तनवीर से पूछा "आपने मुझे कब देखा था।"

तनवीर ने जवाब दिया, "आपकी कोठी में लॉन में...जब आप... जब आप और आपके साथ एक और लड़की बारिश में नहा रही थी।"

परवीन ने अपने गहरे सुर्ख़ लबों में से चीख़नुमा आवाज़ निकाली, "हाय...आप देख रहे थे।"

"यह गुस्ताख़ी मैंने ज़रूर की...इसके लिए माफ़ी चाहता हूँ।"

परवीन ने एक अदा के साथ उससे पूछा, "आपने देखा क्या था?"

यह सवाल ऐसा था कि तनवीर उसका जवाब नहीं दे सकता था आयें बायें शायें करके रह गया, "जी कुछ नहीं...बस आपको...मेरा मतलब है कि दो लड़कियाँ थीं जो बारिश में नहा रही थीं और...और खुश हो रही थी...मैं उस वक़्त आम चूस रहा था।"

परवीन के गहरे सुर्ख़ लबों पर शरीर मुस्कुराहट पैदा हुई, "आप आम चूसते क्यों है...काट कर क्यों नहीं खाते?"

तनवीर ने मोटर स्टार्ट कर दी। उसकी समझ में न आया कि इस सवाल का क्या जवाब दे। चुनांचे वह गोल कर गया "आपको मैं कहाँ ड्राप कर दूँ।"

परवीन मुस्कुराई, "आप मुझे कहीं भी ड्राप कर दें वही मेरी मंज़िल होगी।"

तनवीर को यूँ महसूस हुआ कि उसे अपनी मंज़िल मिल गयी है। लड़की जो उसके पहलू में बैठी है, अब उसी की है लेकिन उसमें इतनी जुरअत नहीं थी कि वह उसका हाथ दबाये या उसकी कमर मे एक दो सेकंड के लिए अपना बाज़ू हिमायल कर दे।

बारिश हो रही थी। मौसम बहुत खुशगवार था। उसने काफ़ी देर सोचा। मोटर की रफ़्तार उसके ख़यालात के साथ-साथ तेज़ होती गयी।

आख़िर उसने एक जगह उसे रोक लिया और जज़्बात से मग़लूब हो कर उसको अपने साथ चिमटा लिया। उसके होंटों से अपने होंट पैबस्त कर दिये...उसको ऐसा महसूस हुआ कि वह कोई बहुत ही लज़ीज़ आम चूस रहा है। परवीन ने कोई मजाहमत न की...लेकिन फ़ौरन तनवीर को यह अहसास बड़ी शिद्दत से हुआ कि उसने बड़ी ना शाइस्ता हरकत की है और ग़ालिबन परवीन को उसकी यह हरकत पसन्द नहीं आयी चुनांचे एकदम संजीदा हो कर उसने कहा, "आपको कहाँ जाना है?"

परवीन के चेहरे पर यों तो ख़फ़गी के कोई आसार नहीं थे, लेकिन तनवीर यूँ महसूस कर रहा था जैसे वह उसके ख़ून की प्यासी है।

परवीन ने उसे बता दिया कि उसे कहाँ जाना है...जब वह उस जगह पहुँचा तो उसे मालूम हुआ कि वह रंडियों का चकला है...जब उसने परवीन को मोटर से उतारा तो उसके होंटों पर गहरे लाल रंग की मुस्कुराहट बिखर रही थी। उसने कूल्हे मटका कर ठेट कसबियों के अन्दाज़ में उससे कहा, "मैं शाम यहाँ होती हूँ...आप कभी ज़रूर तशरीफ लाइए।"

तनवीर जब भौचक्का हो कर अपनी मोटर की तरफ़ बढ़ा तो उसे ऐसा लगा कि वह भी एक कसबी औरत है जिसे वह हर रोज़ चलाता है। उसकी लाल बत्ती लिपिस्टिक है जो परवीन के होंटों पर थुपी हुई थी।

वह वापस अपनी कोठी चला आया...बारिश हो रही थी...और तनवीर बेहद मग़मूम था...उसको ऐसा महसूस हुआ कि उसकी आँखों के आँसू बारिश के क़तरे बन कर टपक रहे हैं।

अफ़शाये-राज़

"मेरी लुगदी किसी न वेखी वे, ते टुटदी नूँ जग जानदा"

"यह आपने गाना क्यों शुरू कर दिया है।"

"हर आदमी गाता और रोता है...कौन सा गुनाह किया है?"

"कल आप गुसलख़ाने में भी यही गीत गा रहे थे।"

"गुसलख़ाने में तो हर शरीफ़ आदमी इस्तिताअत के मुताबिक़ गाता है...इसलिए कि वहाँ कोई और सुनने वाला नहीं होता...मेरा ख़याल है, तुम्हें मेरी आवाज़ पसन्द नहीं आयी।"

"आपकी आवाज़ माशाअल्ला बड़ी अच्छी है।"

"मुझे बना रही हो...मुझे इसका इल्म है कि मैं कनसुरा हूँ। मेरर आवाज़ में कोई काशिश नहीं...कोई भी इसे फटे बाँस की आवाज़ कह सकता है।"

"मुझे तो आपकी आवाज़ बड़ी सुरीली मालूम होती है। बाक़ी अल्ला बेहतर जानता है। लेकिन मैं पूछती हूँ, हर वक़्त यह पंजाबी बोली वर्दे जबान क्यों रहती है।"

"मुझे अच्छी लगती है...बेगम तुमको अगर अदब और शेर से ज़रा भी शग़फ़ हो..."

"यह शग़फ़ क्या बला है...आप हमेशा ऐसे अल्फ़ाज़ में गुफ़्तगू करते जिसे कोई समझ ही नहीं सकता।"

"शग़फ़ का मतलब बस तुम यह समझ लो...कि इसका मतलब लगाव है।"

"मुझे शायरी से लगाव क्यों हो...ऐसी वाहयात चीज़ से।"

यानी शायरी भी एक चीज़ हो गयी...यह तुम्हारी बड़ी ज्यादती है. ..फुरसत के लमहात में अपने अन्दर ज़ौक़ पैदा किया करो।"

"छह बच्चे पैदा कर चुकी हूँ...अब मैं और कोई चीज़ पैदा नहीं कर सकती।"

"मैंने तुमसे कई मरतबा कहा कि मामला ख़त्म हो जाना चाहिए पर तुम ही नहीं मानी...छह बच्चे पैदा करके तुम थक गयी हो। तुम्हारे पड़ोस में मिसेज क़य्यूम रहती है। उसके ग्यारह बच्चे हैं।"

"इसका मतलब है कि मैं भी ग्यारह ही पैदा करूँ।"

"मैंने यह कब कहा...मैं तो एक का भी क़ायल नहीं था।"

"मैं अच्छी तरह जानती हूँ...जब मेरे बच्चा न होता तो आप इसी बहाने से दूसरी शादी कर लेते।"

"मैं तो एक ही शादी से भर पाया हूँ...तुम सारी ज़िन्दगी के लिए काफ़ी हो...मैं दूसरी शादी के मुताल्लिक सोच ही नहीं सकता।"

"और यह पंजाबी बोली किस लिए गायी जा रही थी।"

"भई मैं कह चुका हूँ कि मुझे यह पसन्द है...तुम्हें नापसन्द हो तो मैं क्या कर सकता हूँ...मेरी लुगदी न किसी वेखी वे, वे टुटदी नू जग जानदा।"

"इस बोली में आपको क्या लज़्ज़त महसूस होती है।"

"मैं इसके मुताल्लिक वसूक़ से कुछ नहीं कह सकता।"

"आपने अब तक कोई बात वकूस से नहीं कहीं।"

"वकूस नहीं...वसूक़...यानी यक़ीन के साथ।"

"आपने अभी तक कोई बात ऐसी नहीं की जिसमें यक़ीन पाया जाता हो।"

"लो आज यह नयी बात सुनी...मेरी बातों पर आपको यक़ीन क्यों नहीं।"

"मर्दों की बातों का एतबार ही क्या है।"

"औरतों की बातों का एतबार ही क्या...घड़ी में तोला घड़ी में माशा...आप ही फाड़ती हैं आप ही रफू करती हैं...समझ में नहीं आता यह आज की बरहमी किस बात पर है।"

"आप ऐसे वाहयात गीत गाते रहें और मैं चुप रहूँ...अब से दूर कुर्आन दरम्यान, आपने हमेशा मुझ से बे एतनाई की...मेरी समझ में नहीं आता कि आपको ग़ज़लों और गीतों से इतनी दिलचस्पी क्यों है.. .अभी पिछले दिनों आप मुसलसल यह शेर गुनगुनों रहे थे।"

सुना है मह जबीनो को भी कुछ कुछ मुख्व्वत के क़रीने आ रहे हैं। मुझे इस पर सख्त एतराज़ है...कोई शरीफ़ आदमी ऐसे शेर नहीं गाता. ..आप

तेरी जात है अकबरी सरवरी मेरी बार क्यों देर इतनी करी नहीं गाते।"

"लाहौलविला...तुम भी कैसी ऊटपटाँग बातें करती हो।"

"यह बातें गोया आपके नज़दीक ऊटपटाँग हैं?...इसलिए कि पाकीज़ा है।"

"दुनिया में हर चीज़ पाकीज़ा है।"

"आप भी?"

"मैं तो हमेशा साफ़ सुथरा रहता हूँ। तुमने कई मरतबा इसकी तारीफ़ की है। दिन में दो मरतबा कपड़े बदलता हूँ। सख्त सर्दी भी हो तो गुसल करता हूँ। तुम तो तीन-चार दिन छोड़ के नहाती हो तुम्हें पानी से नफ़रत है।"

"अजी वाह...मैं तो हर हफ़्ते बाकायदा नहाती हूँ।"

"हर हफ़्ते का नहाना तो सफ़ेद झूठ है...कुर्आन की क़सम खा के बताओ तुम्हें नहाए हुए कितने दिन हो गये हैं।"

"मैं कुर्आन की क़सम खाने को तैयार नहीं...आप बताइए कब गुसल किया था।"

"आज सुबह।"

"झूठ...आपका अव्वल झूठ, आख़िर झूठ...आज सुबह तो नल में पानी ही नहीं था...मैंने साढ़े नौ बजे के क़रीब दो मक्शे मँगवाई थी।"

"मैं भूल गया...वाक़ई आज मैंने गुसल नहीं किया।"

"आपको भूल जाने का मर्ज़ है।"

"भूलना इंसान की फितरत है...इस पर तुम्हें एतराज़ करने का कोई हक़ नहीं...चन्द रोज़ हुए तुम दस का नोट कहीं रख कर भूल गयी थीं और मुझ पर इलज़ाम लगाया कि मैंने चोरी कर लिया। यह कितनी बड़ी ज़्यादती थी।"

"जैसे आपने मेरे रुपये कभी नहीं चुराए...पिछले महीने मेरी अलमारी से आपने सौ रुपये निकाले और गायब कर गये।"

"हो सकता है वह किसी और ने चुराए हों...अगर तुम्हें मुझ पर

शक था तो बता दिया होता...यह भी मुमकिन है कि तुमने वह सौ रुपये का नोट किसी मल्फूज जगह रखा हो और बाद में भूल गयी हो. ..कई मरतबा ऐसा हुआ है।"

"कब?"

"पिछले साल इसी महीने तुमने पाँच सौ रुपये के नोट अपने पलँग के बिस्तर के नीचे छुपा रखे थे। और तुम उनके मुताल्लिक बिलकुल भूल गयी थीं...मुझ पर इलज़ाम लगाया था कि मैंने चुरा लिये हैं आखिर मैंने ही तलाश कर के निकाले और तुम्हारे हवाले कर दिये।"

"क्या पता है कि आपने चुराए हों और बाद में मेरे शोर मचाने पर अपनी जेब से निकाल कर बिस्तर के नीचे रख दिये हों।"

"मेरी समझ में तुम्हारी यह मतंक नहीं आती।"

"आपकी समझ में तो कोई चीज़ भी नहीं आती...कल मैंने आपसे कहा था कि दही खाना आपके लिए मुफ़ीद है, लेकिन आपने मुझे एक लेक्चर पिला दिया कि वही फुजूल चीज़ है।"

"वही तो मैं रोज़ खाता हूँ।"

"कितना खाते हैं।"

"यही कोई आध सेर।"

"मैं हर रोज़ सेर मँगवाती हूँ...बाकी पड़ा झक मारता रहता है।"

"दही को झक मारने की क्या ज़रूरत है...जो बच जाता है उसकी तुम कढ़ी बना लेती हो।"

"मैं दही के बारे में कोई बात नहीं करना चाहती...कढ़ी बनाती हूँ यह तो इस बात का सबूत है कि मैं सलीका शआर औरत हूँ...मैंने आपसे सिर्फ़ इतना पूछा था कि आप आज कल एक ख़ास पंजाबी बोली क्यों हर वक़्त गाते रहते हैं।"

"इसलिए कि मुझे पसन्द है।"

"क्यों पसन्द है?...इसकी वजह भी तो होनी चाहिए।"

"तुम्हें काला रंग क्यों पसन्द है...इसकी वजह बताओ...तुम्हें भिण्डियाँ मरगूब हैं...क्यों?...तुम्हें सिनेमा देखने का शौक़ है...इसका जवाज़ पेश करो. ..तुम लट्ठे के बजाय रेशम की शलवारे पहनती हो, इसकी वजह क्या है।"

"आपको कोई हक़ हासिल नहीं कि मुझसे इस क़िस्म का सवाल करें...मैं अपनी मरज़ी की मालिक हूँ।"

"अपनी मरज़ी का मालिक मैं भी हूँ...क्या मुझे यह हक़ हासिल नहीं कि जो शेर मुझे पसन्द हो अपनी मोटी आवाज़ में दिन-रात गाता रहूँ।"

"मुझे इस पर कोई एतराज़ नहीं...लेकिन मैं समझती हूँ..."

"रुक क्यों गयीं।"

"देखिए आप मेरी जबान न खुलवाइए...मैंने आज तक आपसे कुछ नहीं कहा। हालाँकि मैं सब कुछ जानती हूँ।"

"तुम मेरे मुताल्लिक क्या जानती हो?"

"सब कुछ।"

"कुछ मुझे भी बता दो, ताकि मैं अपने मुताल्लिक कुछ जान सकूँ. ..मैं तो सालहा साल से ग़ौरोफ़िक्र के बाद भी अपने मुताल्लिक कुछ जान न सका।"

"आपको उस पंजाबी बोली में जो आप मुसलसल गुनगुनाते रहते हैं...सब कुछ जान सकते हैं।"

"तुम इस क़दर शक्की क्यों हो?"

"हर मर्द बेवफ़ा होता है।"

"मैंने तुमसे क्या वेबफ़ाई की है...असल में औरतें जा व बेजा अपने शौहरों पर शक़ करती रहती हैं।"

"ठहरिये...दरवाज़े पर दस्तक हुई है...मेरा ख़याल है डाकिया है।"

"यह ख़त मेरा है...लाओ इधर।"

"मैं खोलती हूँ...पढ़ के आपके हवाले कर दूँगी।"

"तुम्हें मेरे ख़त पढ़ने का कोई हक़ हासिल नहीं।"

"मैं तो हमेशा आपके ख़त पढ़ती रही हूँ...यह हक़ आपने कब से छीन लिया?"

"अच्छा यह बात दो कि ख़त किसका है?"

"आप ही का है।"

"किसने लिखा है?"

"आप की एक सहेली ने...जिसका नाम अज़रा है...वह पंजाबी बोली जो आप गाते फिरते हैं इस काग़ज़ की पेशानी पर लिखी है।

मेरी लुगदी किसने वेखी वे, ते टुटदी नूँ जग जानदां

यह टूट ही जाय तो बेहतर है।"

आमना

दूर तक फैले हुए धान के सुनहरे खेत फैले हुए थे। जम्मे का जवान लड़का बुन्दू कटे हुए धान के पूले उठा रहा था और साथ ही साथ गा भी रहा था।

धान के पूले घर घर कांधे
भर भर लाये
खेत सुनहरा धन दौलत रे

बुन्दू का बाप जम्मा, गाँव में बहुत मकबूल था। हर शख़्स को मालूम था कि उसको अपनी बीवी से बहुत प्यार है। उन दोनों का इश्क़ गाँव के हर को मालूम, उनके दो बच्चे थे। एक बुन्दू, जिसकी उम्र तेरह बरस के क़रीब थी दूसरा चन्दू।

सब खुश व खुर्रम थे मगर एक रोज़ जम्मे की बीवी बीमार पड़ गयी। हालत बहुत नाज़ुक हो गयी बहुत इलाज किये। टोने टुटके आज़माए, मगर उस को कोई अफ़ाक़ा न हुआ। जब मर्ज़ मौहलिक शक्ल इख़्तयार कर गया तो उसने अपने शौहर से नहीफ़ लहजे में कहा, "तुम मुझे कबूतरी कहा करते थे और ख़ुद को कबूतर...हम दोनों ने दो बच्चे पैदा किये...अब यह तुम्हारी कबूतरी मर रही है...कहीं ऐसा न हो कि मेरे मरने के बाद तुम कोई और कबूतरी अपने घर ले आओ।"

थोड़ी देर के बाद उस पर हिज़यानी कैफ़ियत तारी हो गयी। जुम्मे की आँखों में आँसू रवाँ थे और उसकी बीवी बोले जा रही थी, "तुम और कबूतरी ले आओगे...वह सोचेगी कि जब तक मेरे बच चे जिन्दा हैं तुम उससे मुहब्बत नहीं करोगे...चुनांचे वह उनको ज़बह करके खा जायेगी।"

जम्मे ने अपनी बीवी से बड़े प्यार के साथ कहा, "सकीना, मैं

तुमसे वादा करता हूँ कि ज़िन्दगी भर दूसरी शादी नहीं करूँगा...मगर तुम्हारे दुश्मन मरें तुम बहुत जल्द ठीक हो जाओगी।"

सकीना के होंटों पर मुर्दा सी हँसी नमूदार हुई। इसके फ़ौरन बाद उसकी रूह क़फ़ से अंसरी से परवाज़ कर गयी। जुम्मा बहुत रोया। जब उसने अपने हाथों से उसको दफ़न किया तो उसको ऐसा महसूस हुआ कि उसने अपनी ज़िन्दगी मानो मिट्टी के नीचे गाड़ दी है।

अब वह हर वक़्त मग़मूम रहता। काम काज में उसे कोई दिलचस्पी न रही। एक दिन उसके एक वफ़ादार मजारआ ने उससे कहा, "सरकार बहुत दिनों से मैं आप की यह हालत देख रहा हूँ और जी ही जी में कुढ़ता रहा हूँ। आज मुझसे नहीं रहा गया, तो आपसे यह अर्ज़ करने आया हूँ कि आप अपने बच्चों का बहुत ख़याल रखते हैं। अपनी ज़मीनों की तरफ़ कोई तवज्जह नहीं देते...आपको इसका इल्म भी नहीं, कितना नुकसान हो रहा है।"

जम्मे ने बड़ी वे तवज्जही से कहा..."होने दो...मुझे किसी चीज़ का होश नहीं।"

"सरकार...आप होश में आइए...चारों तरफ़ दुश्मन ही दुश्मन हैं, ऐसा न हो वह आपकी ग़फ़लत से फायदा उठा कर आपकी ज़मीनों पर क़ब्ज़ा कर लें। आप से मुक़दमाबाज़ी क्या होगी...मेरी तो यही मुखलिसाना राय है कि आप दूसरी शादी कर लें...इससे आप के ग़म का बोझ हल्का हो जायेगा और वह आपके लड़कों से प्यार मुहब्बत भी करेगी।"

जम्मे को बहुत ग़ुस्सा आया, "बकवास न करो रमज़ानी...तुम समझते नहीं कि सौतेली माँ क्या होती है। इसके इलावा तुम यह भी तो सोचो, मेरी बीवी की रूह को कितना बड़ा सदमा पहुँचेगा।"

बहुत दिनों के इसरार के बाद आखिर रमज़ानी अपने आक़ा को दूसरी शादी पर रज़ामन्द करने में कामयाब हो गया। जब शादी हो गयी तो उसने अपने लड़कों को एक इलाहिदा मकान में भेज दिया...हर रोज़ वहाँ कई-कई घण्टे रहता और बुन्दू और चन्दू की दिल जूई करता रहता।

नयी बीवी को यह बात बहुत नागवार गुज़री। एक बात और भी थी कि मक्खन दूध का बेशतर हिस्सा उसके सौतेले बेटों के पास चला जाता था। इससे वह बहुत जलती। इसका तो मतलब यह था कि घर

बार की मालिक नहीं हैं।

एक दिन जुम्मा जब खेतों से वापस आया तो उसकी नयी बीवी ज़ार व कतार रोने लगी। जम्मे ने इस आह वज़ारी की वजह पूछी तो उसने कहा "तुम मुझे अपना नहीं समझते...इसीलिए बच्चों को दूसरे मकान में भेज दिया। मैं उनकी माँ हूँ। कोई दुश्मन तो नहीं हूँ। मुझे बहुत दुख होता है जब मैं सोचती हूँ कि बेचारे अकेले रहते हैं।"

जम्मा इन बातों से बहुत मुतस्सिर हुआ और दूसरे ही दिन बुन्दू और चन्दू को ले आया और उनको सौतेली माँ के हवाले कर दिया। जिसने उनको इतने प्यार व मुहब्बत से रखा कि आस-पास के तमाम लोग उसकी तारीफ़ में रतबल्लिसान हो गये।

नयी बीवी ने जब अपने ख़ाविन्द के दिल को पूरी तरह मोह लिया तो एक दिन एक मज़ारआ को बुला कर अकेले में उससे बड़े राज़दाराना लहजे में कहा, "मैं तुमसे एक काम लेना चाहती हूँ...बोलो करोगे?"

इस मज़ारआ का नाम शुबराती था, हाथ जोड़ कर कहा, "सरकार आप माई बाप हैं...जान तक हाजिर है।"

नयी बीवी ने कहा, "देखो कर दरिया के पास बहुत बड़ा मेला लग रहा है...मैं अपने सौतेले बच्चों को तुम्हारे पास भेजूँगी। उनको कश्ती की सैर कराना और किसी न किसी तरह जब कोई और देखता न हो उन्हें गहरे पानी में डुबो देना।"

शबराती भी ज़हनियत गुलामाना थी। इसके इलावा उसको बहुत बड़े इनाम का लालच दिया गया था। वह दूसरे रोज़ बुन्दू और चन्दू को अपने साथ ले गया उन्हें कश्ती में बिठाया। उसको ख़ुद खींचना शुरू किया दरिया दूर तक चला गया जहाँ कोई देखने वाला नहीं था...उसने चाहा कि उन्हें धक्का देकर डुबो दे मगर एकदम उसका ज़मीर जाग उठा। उसने सोचा, इन बच्चों का क्या क़ुसूर है...सिवाय इसके कि इनकी माँ मर चुकी है और यह अब सौतेली माँ के रहम व क़रम पर हैं। बेहतर यही है कि मैं इन्हें किसी शख़्स के हवाले कर दूँ और सौतेली माँ से जा कर कह दूँ कि दोनों डूब चुके हैं।

दरिया के दूसरे किनारे उतर कर उसने बुन्दू और चन्दू को एक वाजिर के हवाले कर दिया...जिसने उनको मुलाज़िम रख लिया।

बड़ा लड़का बुन्दू खेल कूद का आदी था। मेहनत मशक्कत से

बहुत घबराता था...ताजिर के यहाँ से भाग निकला और पैदल चल कर दूसरे शहर में पहुँचा। मगर वहाँ उसे एक दौलतमन्द आदमी के यहाँ जिसका नाम कलंदर बेग था पनाह लेनी पड़ी। कलंदर बेग नेक दिल आदमी था। उसने चाहा कि बुन्दू को अपने यहाँ नौकर रख ले चुनांचे उसने उससे पूछा, "बरख़ुरदार क्या तनख़्वाह लोगे।"

बुन्दू ने जवाब दिया "जनाब मैं तन्ख़वाह नहीं लूँगा।"

कलंदर बेग को किसी क़द्र हैरत हुई। लड़का शक्ल व सूरत का अच्छा था। उसमें गँवारपन भी नहीं था उसने पूछा, "तुम किस ख़ानदान के हो...किस शहर के बाशिन्दे हो?"

बुन्दू ने इस सवाल का कोई ज़बाव नहीं दिया और खामोश रहा, फिर रोने लगा। कलंदर बेग ने उससे मज़ीद इसतेफ़सार करना मुनासिब न समझा। जब बुन्दू को उसके यहाँ रहते हुए काफ़ी अर्सा गुज़र गया तो कलंदर बेग उसकी खुश अतवारी से मुवास्सिर हुआ। एक दिन उसने बीवी से कहा, "बुन्दू मुझे पसन्द है। मैं तो सोचता हूँ, इससे अपनी एक लड़की व्याह दूँ।"

बीवी को अपने ख़ाविन्द की बात बुरी लगी। लेकिन आख़िर में उसने कहा "आप पहले उसके ख़ानदान के मुताल्लिक तो दरयाफ़्त कीजिए।"

कलंदर बेग ने कहा, "मैंने एक मरतबा उससे उसके ख़ानदान के मुताल्लिक पूछा तो वह ज़ार व क़तार रोने लगा...फिर मैंने इस मौजू पर उससे कभी गुफ़्तगू नहीं की।"

बुन्दू कई बरस कलंदर बेग के यहाँ रहा। जब वह बीस साल का हुआ तो कलंदर बेग ने अपना सारा कारोबार उसके सुपुर्द कर दिया। काफ़ी अर्सा गुज़र गया एक दिन बुन्दू ने बड़े अदब से अपने आका से दरख्वास्त की कि दरिया के उस पार जो एक गाँव है वहाँ मैं छोटा सा मकान बनवाना चाहता हूँ...क्या आप मुझे इतना रुपया मरहमत फ़रमा सकते हैं कि मेरी यह ख्वाहिब पूरा हो जाय।"

कलंदर मुस्कुराया, "तुम जितना रुपया चाहो ले सकते हो बेटा... लेकिन तुम यह तो बताओ कि तुम दरिया पार इतनी दूर मकान क्यों बनवाना चाहते हो"

बुन्दू ने जवाब दिया, "यह राज़ आप पर अंक़रीब खुल जायेगा।"

बुन्दू और चन्दू का बाप अपने बेटों के फ़िराक़ में घुल-घुल कर मर चुका था। मजारओ की बड़ी अबतर हालत थी। इसलिए कि ज़मीनों की देख-भाल करने वाला कोई भी नहीं था।

बुन्दू बहुत सा रुपया ले कर अपने गाँव पहुँचा, एक पक्का मकान बनवाया और मज़ारओ को खुशहाल कर दिया।

बुन्दू का भाई चन्दू जिस शख़्स के यहाँ मुलाज़िम हुआ था उसने उसको बेटा बना लिया। एक दफ़ा वह ख़तरनाक तौर पर बीमार पड़ गया तो उस शख़्स की बीवी ने जिसका नाम समद खाँ था, अपनी बेटी आमना ने कहा कि वह उसकी तीमारदारी करे।

आमना बड़ी नाज़ुक अंदाज हसीन लड़की थी। दिन-रात उसने चन्दू की ख़िदमत की। आख़िर वह सेहतमन्द हो गया। तीमारदारी के इस दौरान में वह कुछ इस तरह घुल मिल गये कि उन दोनों को एक-दूसरे से मुहब्बत हो गयी।

मगर चन्दू सोचता था कि आमना एक दौलतमन्द की लड़की है वह महज़ कंगला। उनका आपस में क्या जोड़ है। उसके वालदैन कमला कब उनकी शादी पर राजी होंगे। लेकिन आमना को किसी क़द्र यकीन था कि उसके वालदैन राज़ी हो जायेंगे इसलिए वह चन्दू की बड़ी अच्छी निगाह से देखती थी।

एक दिन चन्दू गाय भैंसो के रेवड़ को जौहड़ पर पानी पिला रहा था कि आमना दौड़ती हुई आयी। उसकी साँस फूली हुई थी। नन्हा सा सीना धड़क रहा था। उसने खुश-खुश चन्दू से कहा, "एक अच्छी ख़बर लाई हूँ। आज मेरी माँ और बाप मेरी शादी की बात कर रहे थे। उन्होंने फैसला किया कि तुम बड़े अच्छे लड़के हो इसलिए तुम्हें मेरे साथ ब्याह देना चाहिए।"

चन्दू इस क़द्र खुश हुआ कि उसने आमना को उठा कर नाचना शुरू कर दिया।

उन दोनों की शादी हो गयी। एक साल के बाद उनके यहाँ लड़का पैदा हुआ जिसका नाम जमील रखा गया।

जब बुन्दू अपने गाँव में अच्छी तरह जम गया तो उसने भाई का पता लिया। जाके उससे मिला। दोनों बहुत खुश हुए बुन्दू ने उससे कहा "अब अल्लाह का फ़ज़ल है। चलो मेरे साथ और दीवानी सँभालो।

मैं चाहता हूँ कि तुम्हारी शादी अपनी साली से करा दूँ...बड़ी प्यारी लड़की है।"

चन्दू ने उसको बताया कि वह पहले ही शादीशुदा है सारे हालात सुन कर बुन्दू ने उसको समझाया, "कलंदर बेग बेहद दौलतमन्द आदमी है। उसकी लड़की से शादी करलो...सारी उम्र ऐश करते रहोगे. ..आमना के बाप के पास क्या पड़ा है।"

चन्दू अपने भाई की यह बातें सुन कर लालच में आ गया। और दौलत की ख़ातिर आमना को छोड़ दिया। तलाक़नामा किसी के हाथ भिजवा दिया और उससे मिले बग़ैर चला गया।

चन्द रोज़ के बाद ही बुन्दू ने अपने भाई की शादी कलंदर बेग की छोटी लड़की से करा दी। आमना हैरान व परेशान थी कि उसका प्यारा चन्दू एकदम कहाँ गायब हो गया है। लेकिन उसको यक़ीन था कि वह मुझ से मुहब्बत करता है। एक दिन ज़रूर वापस आ जायेगा। बड़ी देर उसने उसकी वापसी का इन्तज़ार किया और उसकी याद में आँसू बहाती रही। जब वह न आया तो आमना के बाप ने ज़मील को साथ लिया और बुन्दू के गाँव पहुँचा। उसकी मुलाक़ात चन्दू से हुई। वह दौलत के नशे में सब को भूल चुका था।

आमना के बाप ने बड़ी मिन्नत समाजत की और उससे कहा, "और कुछ नहीं तो अपने इस कमसीन बेटे ही का ख़याल करो...तुम्हारे बग़ैर इस बच्चे की क्या ज़िन्दगी है?"

चन्दू ने यह कोरा जवाब दिया, "मैं अपनी दौलत और इज़्ज़त इस बच्चे के लिए नहीं छोड़ सकता हूँ...जाओ इसे ले जाओ और मेरी नज़रों से इसे दूर कर दो।"

जब आमना के बाप ने और ज्यादा मिन्नत समाजत की तो चन्दू ने उस बुड्ढ़े को धक्के देकर बाहर निकलवा दिया। साथ ही अपने बच्चे को भी।

बूढ़ा बाप ग़म व अंदोह से चूर घर पहुँचा और आमना को सारी दास्तान सुना दी। आमना को इस क़द्र सदमा पहुँचा कि पागल हो गयी।

चन्दू पर पै दर पै इतने मसायब आये कि उसकी सारी दौलत उजड़ गयी। भाई ने भी आँखें फेर लीं। बीवी लड़ झगड़ कर अपने मैके

चली गयी। अब उसको आमना की याद आयी। वह उससे मिलने के लिए गया। उसका बेटा जमील हड्डियों का ढाँचा उससे घर के बाहर मिला। उसने उसको प्यार किया और आमना के मुताल्लिक उससे पूछा।

जमील ने उससे कहा, "आओ तुम्हें बताता हूँ मेरी माँ आज कल कहाँ रहती है।"

वह उसे दूर ले गया और एक क़ब्र की तरफ़ इशारा करके कहा, "यहाँ रहती है आमना अम्मा।"

तस्वीर

"बच्चे कहाँ हैं?"

"मर गये हैं।"

"सब के सब?"

"हाँ सब के सब...आपको आज उनके मुताल्लिक पूछने का क्या ख़याल आ गया?"

"मैं उनका बाप हूँ।"

"आप ऐसा बाप ख़ुदा करे कभी पैदा ही न हो।"

"तुम आज इतनी ख़फ़ा क्यों हो...मेरी समझ में नहीं आता। घड़ी में रत्ती घड़ी में माशा हो जाती हो..दफ़्तर से थक कर आया हूँ और तुमने यह चख़-चख़ शुरू कर दी है...बेहतर था कि मैं वहाँ दफ़्तर ही में पंखे के नीचे आराम करता।"

"पंखा यहाँ भी है...आप आराम तलब हैं...यहाँ आराम फ़रमा सकते हैं।"

"तुम्हारा तंज कभी नहीं जायेगा...मेरा ख़याल है कि यह चीज़ तुम्हें दहेज़ में मिली थी।"

"मैं कहती हूँ कि आप मुझ से इस क़िस्म की ख़ुराफ़ात न बका कीजिए...आप के दीदो का तो पानी ही ढल गया है।"

"यहाँ तो सब कुछ ढल गया है...तुम्हारी वह जवानी कहाँ गयी? मैं तो अब महसूस करता हूँ जैसे सौ बरस का बुड्ढा हूँ।"

"यह आपके आमाल का नतीजा है...मैंने तो ख़ुद को कभी उम्र रसीदा महसूस नहीं किया।"

"मेरे आमाल इतने सियाह तो नहीं...और फिर मैं तुम्हारा शौहर होते हुए क्या इतना भी महसूस नहीं कर सकता कि तुम्हारा शबाब

रूबा-तनज़्ज़ुल है।"

"मुझसे ऐसी जबान में गुफ़्तगू कीजिए जिसको मैं समझ सकूँ यह तस्बा नज़ल क्या हुआ।"

"छोड़ो इसे...आओ प्यार मुहब्बत की बात करें।"

"आपने अभी-अभी कहा था कि आप को ऐसा महसूस होता है जैसे सौ बरस के बुड्ढे हैं।"

"भई दिल जवान है।"

"आप के दिल को मैं क्या कहूँ...आप इसे दिल कहते हैं, मुझसे कोई पूछे तो मैं यही कहूँगी कि पत्थर का एक टुकड़ा है जो इस शख़्स ने अपने पहलू में दबा रखा है और दावा यह करता है कि उसमें मुहब्बत भरी हुई है...आप मुहब्बत करना क्या जानें...मुहब्बत तो सिर्फ़ औरत ही कर सकती है।"

"आज तक कितनी औरतों ने मर्दों से मुहब्बत की है...ज़रा तारीख़ का मुतालिआ करो...हमेशा मर्दों ही ने औरतों से मुहब्बत की और उसे निभाया...औरतें तो हमेशा बेवफ़ा रही हैं।"

"झूठ...इसका अव्वल झूठ इसका आख़िर झूठ...बेवफ़ाई तो हमेशा मर्दों ने की है।"

"और वह जो इंगलिस्तान के बादशाह ने एक मामूली औरत के लिए तख़्त व ताज छोड़ दिया था?...क्या वह झूठी और फ़र्ज़ी दास्तान है।"

"बस एक मिसाल पेश कर दी और मुझ पर रोंब डाल दिया।"

"भई तारीख़ में ऐसी हज़ारों मिसालें मौजूद हैं...मर्द जब किसी औरत से इश्क़ करता है तो कभी पीछे नहीं हटता। कमबख़्त अपनी जान कुर्बान कर देगा मगर अपनी महबूब को ज़रा सी भी ईज़ा पहुँचने नहीं देगा। तुम नहीं जानती हो, मर्द में जब कि वह मुहब्बत में गिरफ़्तार हो कितनी ताक़त होती है।"

"सब जानती हूँ...आपसे तो कल अलमारी का जमा हुआ दरवाज़ा भी नहीं खुल सका...आख़िर मुझे ही ज़ोर लगा कर खोलना पड़ा।"

"देखो जानम...तुम ज़्यादती कर रही हो।...तुम्हें मालूम है कि मेरे दहिने बाज़ू में रेह का दर्द था। मैं उस दिन दफ़्तर भी नहीं गया था और सारा दिन और सारी रात पड़ा कराहता रहा था...तुमने मेरा कोई ख़याल

नहीं किया और अपनी सहेलियों के साथ सिनेमा देखने चली गयीं।"

"आप तो बहाना कर रहे थे।"

"लाहौल विला...यानी मैं बहाना कर रहा था। दर्द के मारे मेरा बुरा हाल हो रहा था और तुम कहती हो मैं बहाना कर रहा था। लानत है ऐसी ज़िन्दगी पर।"

"यह लानत मुझ पर भेजी गयी है।"

"तुम्हारी अक्ल पर तो पत्थर पड़ गये हैं...मैं अपनी ज़िन्दगी का रोना रो रहा था।"

"आप तो हर वक़्त रोते ही रहते हैं।"

"तुम तो हँसती रहती हो...इसलिए कि तुम्हें किसी की परवाह नहीं। बच्चे जायें जहन्नुम में। मेरा जनाज़ा निकल जाय...यह मकान जल कर राख हो जाय मगर तुम हँसती रहोगी...ऐसी बेदिल औरत मैंने आज तक अपनी ज़िन्दगी में कभी नहीं देखी।"

"कितनी औरतें देखी है आपने अब तक?"

"हज़ारों, लाखों...सड़कों पर तो आज कल औरतें ही औरतें नज़र आती हैं।

"झुठ न बोलिए...आपने कोई न कोई औरत ख़ास तौर पर देखी है।"

"ख़ास तौर पर से तुम्हारा मतलब क्या है?"

"मैं आप का राज़ खोलना नहीं चाहती...मैं अब चलती हूँ।"

"कहाँ?"

"एक सहेली के यहाँ...उससे अपना दुखड़ा बयान करूँगी। ख़ुद रोऊँगी उसे भी रुलाऊँगी...इस तरह कुछ जी हल्का हो जायेगा।"

"वह दुखड़ा जो तुम्हें अपनी सहेली से बयान करना है मुझे ही बता दो...मैं तुम्हारे ग़म में शरीक होने का वादा करता हूँ।"

"आप के वादे? कभी ईफ़ा हुए हैं।"

"तुम बहुत ज़्यादती कर रही हो...मैंने आज तक तुमसे जो भी वादा किया पूरा किया...अभी पिछले दिनों तुमने मुझसे कहा कि चाय का एक सेट ला दो...मैंने एक दोस्त से रुपये क़र्ज़ ले कर बहुत उम्दा सेट ख़रीद कर तुम्हें ला दिया।"

"बड़ा एहसान किया मुझ पर वह तो दरअस्ल आप अपने दोस्तों

के लिए लाये थे...उसमें से दो प्याले किसने तोड़े थे?...ज़रा यह तो बताइए?"

"एक प्याला तुम्हारे बड़े लड़के ने तोड़ा...दूसरा तुम्हारी छोटी बच्ची ने।"

"सारा इल्ज़ाम आप हमेशा उन्हीं पर धरते हैं। अच्छा अब यह बहस बन्द हो...मुझे नहा धो कर कपड़े पहनना और जूड़ा करना है।"

"देखो मैंने आज तक कभी सख़्त गीरी नहीं की। मैं हमेशा तुम्हारे साथ नर्मी से पेश आता रहा हूँ। मगर आज मैं तुम्हें हुक्म देता हूँ कि तुम बाहर नहीं जा सकतीं।"

"अजी वाह...बड़े आये, मुझ पर हुक्म चलाने वाले...आप हैं कौन?"

"इतनी जल्दी भूल गयी हो...मैं तुम्हारा ख़ाविन्द हूँ।"

"मैं नहीं जानती, ख़ाविन्द क्या होता है...मैं अपनी मर्ज़ी की मालिक हूँ। मैं बाहर जाऊँगी ज़रूर जाऊँगी, मुझे कौन रोकता है।"

"तुम नहीं जाओगी...बस यह मेरा फ़ैसला है।"

"फ़ैसला अब अदालत ही करेगी।"

"अदालत का यहाँ क्या सवाल पैदा होता है...मेरी समझ में नहीं आता, आज तुम कैसी ऊटपटाँग बातें कर रही हो...तुक की बात करो. ..जाओ नहा लो ताकि तुम्हारा दिमाग़ किसी हद तक ठण्डा हो जाय।"

"आपके साथ रह कर मैं तो सर से पैर तक बर्फ़ हो चुकी हूँ।"

कोई औरत अपने ख़ाविन्द से खुश नहीं होती, ख़्वाह वह बेचारा कितना ही शरीफ़ क्यों न हो...उसमें कीड़े डालना औरत की शरिस्त में दाख़िल है...मैंने तुम्हारी कई ख़ताएँ और ग़लतियाँ माफ़ की हैं।

"मैंने ख़ुदा न खास्ता कौन सी ख़ता की है।"

"पिछले बरस तुमने शलजम की शब देग बड़े ठाट से पकाने का इरादा किया...शाम को चूल्हे पर हंडिया रख कर तुम ऐसी सोईं कि सुबह उठकर जब मैं बावरची खाने में गया तो देखा कि देगची में सारे शलजम कायले बने हुए हैं...इनको निकाल कर मैंने अँगठी सुलगायी और चाय तैयार की, तुम सो रही थी।"

"मैं यह बकवास सुनने के लिए तैयार नहीं।"

इसलिए कि इसमें झूठ का एक ज़र्रा भी नहीं...मैं अक्सर सोचता हूँ कि औरत को सच और हक़ीक़त से क्यो चिढ़ है...मैं अगर कह दूँ कि तुम्हारा

बायाँ गाल तुम्हारे दाएँ के मुक़ाबले किसी क़द्र ज़्यादा मोटा है तो शायद तुम मुझे सारी उम्र न बख़्शो...मगर यह हक़ीक़त है। जिसे शायद तुम भी अच्छी तरह महसूस करती हो...देखा यह पेपरवेट वहीं रख दो...उठा के मेरे सर पर दे मारा तो थाना थनव्वल हो जायेगा।"

"मैंने पेपरवेट इसलिए उठाया था कि यह आपके चेहरे के ऐन मुताबिक है ...इसके अन्दर जो हवा के बुलबुले से हैं, वह आपकी आँखें हैं...और यह जो लाल सी चीज़ है, वह आपकी नाक है, जो हमेशा सुर्ख़ रहती है. ..मैंने जब आपको पहली मर्तबा देखा तो मुझे ऐसा लगा था जैसे आपकी आँखों के नीचे जो गाय की आँखें हैं एक काकरोच औंधे मुँह बैठा है।

"तुम्हारा जी हल्का हो गया?".

"मेरा जी कभी हल्का नहीं होगा...तुझे आप जाने दीजिए...नहा धोकर मैं शायद यहाँ से हमेशा के लिए चली जाऊँ।"

"जाने से पहले यह तो बता जाओ कि यह जाना किस बिना पर है।"

"मैं बताना नहीं चाहती...आप तो अव्वल दर्जे के बेशर्म हैं।"

"भई तुम्हारी इस सारी गुफ़्तगू का मतलब अभी तक मेरी समझ में नहीं आया...मालूम नहीं तुम्हें मुझसे क्या शिकायत एकदम पैदा हो गयी है।"

"ज़रा अपने कोट की अन्दरूनी जेब में हाथ डालिए।"

"मेरा कोट कहाँ है?"

"लाती हूँ...लाती हूँ।"

"मेरे कोट में क्या हो सकता है...व्हिसकी की बोतल थी...वह तो मैंने बाहर ही ख़त्म करके फेंक दी थी...लेकिन हो सकता रहा गयी हो।"

"लीजिए आपका कोट यह रहा।"

"अब मैं क्या करूँ?"

"इसकी अन्दर की जेब में हाथ डालिए...और उस लड़की की तस्वीर निकालिए जिससे आप आजकल इश्क़ लड़ा रहे हैं।"

"लाहौल विला...तुमने मेरे अवसान खता कर दिये थे...यह तस्वीर,

मेरी जान, मेरी बहन की है जिसको तुमने अभी तक नहीं देखा। अफ़्रीका में है...तुमने यह ख़त नहीं देखा...साथ ही तो था...यह लो।"

"हाय, कितनी ख़ूबसूरत लड़की है...मेरे भाइजान के लिए बिलकुल ठीक रहेगी।"

मिलावट

अमृतसर में अली मुहम्मद की मनहारी की दुकान थी। छोटी-सी मगर उसमें हर चीज़ मौजूद थी। उसने कुछ-कुछ इस करीने से सामान रखा था कि ठुँसा-ठुँसा दिखायी नहीं देता।

अमृतसर मे दूसरे दुकानदार ब्लैक करते थे, मगर अली मुहम्मद वाजबी नर्ख पर अपना माल फ़रोख़्त करता था, यही वजह है कि लोग दूर-दूर से उसके पास आते और अपनी ज़रूरत की चीज़ ख़रीद करते।

वह मजहबी क़िस्म का आदमी था। ज़्यादा मुनाफ़ा लेना उसके नज़दीक गुनाह था। अकेली जान थी। उसके लिए जायज़ मुनाफ़ा ही काफ़ी था।

सारा दिन दुकान पर बैठता, गाहकों की भीड़ लगी रहती। उसको बाज़ औक़ात अफ़सोस होता जब वह किसी गाहक को सनलाइट साबुन की एक टिकिया न दे सकता या कैलीफोर्नियन पोपी तेल की बोतल। क्योंकि यह चीज़ें उसे महदूद तादाद में मिलती थीं।

ब्लैक न करने के बावजूद वह खुशहाल था। उसने दो हज़ार रुपये पस अन्दाज़ कर रखे थे। जवान था...एक दिन दुकान पर बैठे-बैठे उसने सोचा कि अब शादी कर लेनी चाहिए...बुरे-बुरे ख़याल दिमाग़ में आते हैं। शादी कर लूँ कि ज़िन्दगी में लताफ़त पैदा हो जायेगी। बाल बच्चे होंगे। उनकी परवरिश के लिए मैं और ज़्यादा कमाने की कोशिश करूँगा।

उसके वालदैन अर्सा हुआ अल्ला को प्यारे हो चुके थे। उसकी कोई बहन थी न भाई। वह बिलकुल अकेला था। शुरू-शुरू में जब कि वह दस बरस का था। उसने अख़बार बेचने शुरू किये। उसके बाद ख्वाँचा लगाया कुलफ़ियाँ बेचीं। जब उसके पास एक हज़ार रुपया जमा हो

गया तो उसने एक छोटी-सी दुकान किराये पर ले ली और मनहारी का सामान ले कर बैठ गया।

आदमी ईमानदार था। उसकी दुकान थोड़े ही अर्से में चल निकली. ..जहाँ तक आमदन का तअल्लुक था वह इससे बेफ़िक्र था, मगर वह चाहता था कि अपना घर बसाए। उसकी बीवी हों बच्चे हों और वह उनके लिए ज़्यादा कमाने की कोशिश करे। इसलिए कि उसकी ज़िन्दगी मशीन ऐसी बन गयी थी। सुबह दुकान खोलता, ग्राहक आते, उन्हें सौदा देता शाम को दुकान बन्द करता और एक छोटी-सी कोठरी में जो उसने शरीफ़पुरा मैं ले रखी थी सो जाता था।

गजे का होटल था इसमें वह खाना खाता, सिर्फ़ एक वक़्त। सुबह नाश्ता जमील सिंह के टुकड़े में शामे हलवाई की दुकान में करता। दुकान खोलता और शाम तक अपनी गद्दी पर बैठा रहता।

उसके अन्दर शादी की ख्वाहिश शिद्दत इख़्तियार कर गयी, लेकिन सवाल यह था कि इस मामले में उसकी मदद कौन करे। अमृतसर में उसका कोई दोस्त यार भी नहीं था। जो उसके लिए कोशिश करता।

वह बहुत परेशान था। शरीफ़पुरा की कोठरी में रात को सोते वक़्त वह कई मरतबा रोया कि उसके माँ-बाप इतनी जल्दी क्यों मर गये। उन्हें और कुछ तो नहीं इसलिए ज़रूर ज़िन्दा रहना चाहिए था कि वह उसकी शादी का बन्दोवस्त कर जाएँ।

उसकी समझ में नहीं आता कि वह शादी कैसे करे। बहुत देर तक सोचता रहा। इस दौरान में उसके तीन हज़ार रुपये जमा हो गये। उसने एक छोटे से घर को जो अच्छा ख़ासा था किराये पर ले लिया। मगर रहता वह शरीफ़पुरे ही था।

एक दिन उसने अख़बार में एक इश्तेहार देखा जिसमें यह लिखा था कि शादी के ख्वाहिश मन्द असहाब हम से रूज करें। बी.ए. पास, लेडी डॉक्टर हर क़िस्म के रिश्ते मौजूद हैं। ख़त व किताबत कीजिए या ख़ुद आ के मिलिए।

इतवार को वह दुकान नहीं खोलता था। उस दिन वह उस पते पर गया और उसकी मुलाक़ात एक दाढ़ी वाले बुज़ुर्ग से हुई। अली मुहम्मद ने अपना मुद्दआ बयान किया। दाढ़ी वाले बुज़ुर्ग ने मेज़ की दराज़ खोल कर बीस पच्चीस तस्वीरें निकालीं और उसको एक-एक करके दिखायी

कि वह उनमें से कोई पसन्द कर ले।

एक लड़की तस्वीर अली मुहम्मद को पसन्द आ गयी। छोटी उम्र की और ख़ूबसूरत थी। उसने शादियाँ कराने वाले एजेंट से कहा, "जनाब...यह लड़की मुझे पसन्द है।"

एजेंट मुस्कुराया, "तुमने एक हीरा चुन लिया है।"

अली मुहम्मद को ऐसा महसूस हुआ कि वह लड़की उसकी आगोश में है। उसने गुटकना शुरू कर दिया "बस...जनाब आप बात पक्की करा दीजिए।"

एजेंट संजीदा हो गया, "देखो बर्खुरदार...यह लड़की जो तुमने चुनी है इलावा हसीन होने के एक बहुत बड़े ख़ानदान से ताल्लुक रखती है. ..लेकिन मैं तुमसे ज़्यादा फ़ीस नहीं मागूँगा।"

"आपकी बड़ी नवाज़िश होगी...मैं यतीम लड़का हूँ...अगर आप मेरा यह काम कर दें तो आपको सारी उम्र अपना बाप समझूँगा।"

एजेंट के मुँछों भरे होंटों पर फिर मुस्कराहट नमूदार हुई, "जीते रहो. ..मैं तुमसे सिर्फ़ तीन सौ रुपये फ़ीस लूँगा।"

अली मुहम्मद ने बड़े मतशक्कराना लहजे में कहा, "जनाब का बहुत-बहुत शुक्रिया...मुझे मंज़ूर है।"

यह कहर कर उसने जेब से तीन नोट सौ-सौ रुपये के निकाले और उस बुजुर्गवार को दे दिये।

तारीख़ मुकर्रर हो गयी। निकाह हुआ रुख़सती भी हुई। अली मुहम्मद ने वह छोटा-सा मकान जो किराये पर ले रखा था। अब सजा सजाया था। वह उसमें बड़े चाव से अपनी दुल्हन ले कर आया। पहली रात को तसव्वर मालूम नहीं उसके दिल व दिमाग़ में किस क़िस्म का था। मगर जब उसे दुल्हन का घूँघट काँपते हाथों से उठाया तो उसको ग़श सा आ गया।

निहायत बदशक्ल औरत थी...सरीहन उस मर्दे बुजुर्ग ने उसके साथ धोखा किया था। अली मुहम्मद लड़खड़ाता कमरे से बाहर निकल गया और शरीफ़पुरे जा कर अपनी कोठरी में देर तक सोचता रहा कि यह हुआ क्या है लेकिन उसकी समझ में कुछ भी न आया।

उसने अपनी दुकान न खोली...दो हज़ार रुपये वह अपनी बीवी का हक़ महर उसी रात अदा कर चुका था। तीन सौ रुपये उस एजेंट को।

अब उसके पास सिर्फ़ सात सौ रुपये थे। वह इस क़द्र दिलबरदाश्ता हो गया था कि उसने सोचा शहर ही छोड़ दे। सारी रात जागता रहा। और सोचता रहा। आख़िर उसने फ़ैसला कर लिया। सुबह दस बजे उसने अपनी दुकान एक शख़्स के पास पाँच हज़ार में यानी औने पौने दामों बेच दी और टिकट कटवा कर लाहौर चला गया।

लाहौर जाते हुए गाड़ी में किसी जेबकतरे ने बड़ी सफ़ाई से उसके तमाम रुपये गायब कर दिये। वह बहुत परेशान हुआ...लेकिन उसने सोचा कि शायद ख़ुदा को यही मंज़ूर था।

लाहौर पहुँचा तो उसकी दूसरी जेब में जो कतरी नहीं गयी थी सिर्फ़ दस रुपये और ग्यारह आने थे। इससे उसने चन्द रोज़ गुज़ारा किया। लेकिन बाद में फ़ाकों की नौबत आ गयी।

इस दौरान उसने कहीं-न-कहीं मुलाज़िम होने की बहुत कोशिश की मगर नाकाम रहा...वह इस क़द्र मायूस हो गया कि उसने ख़ुदकशी का इरादा कर लिया। मगर उसमें इतनी जुर्अत नहीं थी। इसके बावजूद, एक रात वह रेल की पटरी पर लेट गया ट्रेन आ रही थी। मगर काँटा बदला और वह दूसरी लाइन पर चली गयी कि उसे उधर ही जाना था।

उसने सोचा कि मौत भी धोखा दे जाती है चुनांचे उसने ख़ुदकशी का इरादा छोड़ दिया और हल्दी और मिर्चें पीसने वाली एक चक्की में बीस रुपये माहवार पर मुलाजमत कर ली।

यहाँ उसे पहले ही दिन मालूम हो गया कि दुनिया धोखा ही धोखा है। हल्दी में पीली मिट्टी की मिलावट की जाती है और मिर्चों में सुर्ख़ ईटों की।

दो बरस तक वह इस चक्की में काम करता रहा। उसका मालिक हर महीने कम अज़ कम सात रुपये माहवार कमाता था। इस दौरान में अली मुहम्मद ने पाँच सौ रुपये पस अन्दाज़ कर लिये थे। एक दिन उसने सोचा जब सारी दुनिया में फ़रेब ही फ़रेब है तो वह भी क्यों न फ़रेब करे।

उसने चुनांचे एक इलाहिदा चक्की क़ायम कर ली और उसमें मिर्चों और हल्दी में मिलावट का काम शुरू कर दिया...उसकी आमदन अब काफ़ी माकूल थी उसको शादी का कई बार ख़याल आया मगर जब उसकी आँखों के सामने उस पहली रात का नक़्शा सामने आया तो वह

काँप गया।

अली मुहम्मद खुश था। उसने फ़रेबकारी पूरी तरह सीख ली थी। उसको अब इसके तमाम गुर मालूम हो गये थे। एक मन लाल मिर्चों में कितनी लाल ईंटें पिसनी चाहिए। हल्दी में कितनी ज़र्द रंग की मिट्टी डालनी चाहिए। और फिर वज़न का हिसाब, यह अब उसको अच्छी तरह मालूम था।

लेकिन एक दिन उसकी चक्की पर पुलिस का छापा पड़ा। हल्दी और मिर्चों के नमूने बोतलों में डाल कर मुहर बन्द किये गये...और जब केमिकल इक्जामिन्स की रिपोर्ट आयी कि उनमें मिलावट है तो उसे गिरफ़्तार कर लिया गया।

उसका लाहौर में कौन था जो उसकी ज़मानत देता...कई दिन हवालात में बन्द रहा। आखिर मुक़दमा अदालत में पेश हुआ और उसको तीन सौ रुपये जुर्माना और एक महीने की क़ैद बामशक्कत का सज़ा हुई। जुर्माना तो उसने अदा कर दिया लेकिन एक महीने की क़ैद बामशक्कत उसे भुगतना ही पड़ा। यह एक महीना उसकी ज़िन्दगी में बहुत कड़ा और कठिन था...इस दौरान वह अक्सर सोचता था कि उसने बेईमानी क्यों की, जब कि उसने अपनी ज़िन्दगी का यह उसूल बना लिया था कि वह कभी फ़रेबकारी नहीं करेगा।

फिर वह यह सोचता कि उसे अपनी ज़िन्दगी ख़त्म कर लेना चाहिए, इसलिए कि वह इधर का रहा न उधर का। उसका किरदार मज़बूत नहीं। बेहतर यही है कि मर जाय, ताकि उसका ज़हनी इज़तराब ख़त्म हो।

जब वह जेल से बाहर निकला तो वह मज़बूत इरादा कर चुका था कि ख़ुदकशी कर लेगा ताकि सारा झंझट ही ख़त्म हो...इस ग़र्ज के लिए उसने सात रोज़ मज़दूरी की और दो तीन रुपये अपना पेट काट-काट कर जमा किये, इसके बाद उसने सोचा कौन-सा ज़हर होगा जो कारआमद हो सकता है।

उसने सिर्फ़ एक ही ज़हर का नाम सुना था जो बड़ा कातिल होता है...संखिया। मगर यह संखिया कहाँ से मिलती?

उसने बहुत कोशिश की। आखिर उसे एक दुकान से संखिया मिल गयी। उसने इशा की नमाज़ पढ़ी। ख़ुदा से अपने गुनाहों की

माफ़ी माँगी कि वह हल्दी और मिर्चों में मिलावट करता रहा। फिर रात को संखिया खायी और फुटपाथ पर सो गया।

उसने सुना था कि संखिया खाने वालों के मुँह से झाग निकलते हैं, तशंज के दौरे पड़ते हैं। बड़ा कर्ब होता है मगर उसे कुछ भी न हुआ। सारी रात वह अपनी मौत का इन्तज़ार करता रहा। मगर वह न आयी।

सुबह उठकर वह उस दुकानदार के पास गया जिससे उसने संखिया ख़रीदी थी और उससे पूछा, "भाई साहब यह आपने मुझे कैसी संखिया दी है कि मैं अभी तक नहीं मरा।"

दुकानदार ने आह भर कर बड़े अफ़सोस लहजे में कहा, "क्या कहूँ, मेरे भाई...आज कल हर चीज़ नक़ली होती है...या उसमें मिलावट होती है।"

बस स्टैण्ड

वह बस स्टैण्ड के पास खड़ी ए रूट वाली बस का इन्तज़ार कर रही थी। उसके पास कई मर्द खड़े थे। उनमें से एक उसे बहुत बुरी तरह घूर रहा था। उसको एक सा महसूस हुआ कि यह शख़्स बरमे से उसके दिल व दिमाग़ में छेद बना रहा है।

उसकी उम्र यही बीस बाईस बरस की होगी। लेकिन इस पुख़्ता साली के बावजूद वह बहुत घबरा रही थी। जाड़ों के दिन थे, पर इसके बावजूद उसने कई मरतबा अपनी परेशानी से पसीना पोंछा। उसकी समझ में नहीं आता था क्या करे। बस स्टैण्ड से चली जाय। कोई ताँगा ले ले या वापस अपनी सहेली के पास चली जाय।

उसकी यह सहेली नयी-नयी बनी थी। एक पार्टी में उनकी मुलाक़ात हुई और वह दोनों एक दूसरे की गरवीदा हो गयी...यह पहली बार थी कि वह अपनी उस नयी सहेली के बुलावे पर उसके घर आयी थी।

नौकर बीमार था, मगर जब इस सहेली ने इतना इसरार किया था, तो वह अकेली ही उसके यहाँ चली गयी। दो घण्टे आपस में गप लड़ाती रही...वह वक़्त बड़े मज़े में कटा। उसकी सहेली जिसका नाम शाहिदा था, उसने जाते वक़्त कहा "सलमा अब तुम्हारी शादी हो जानी चाहिए।"

सलमा शर्मा सी गयी, "कैसी बातें करती हो शाहिदा...मुझे शादी नहीं कराना है।"

"तो क्या सारी उम्र कुँवारी रहोगी।"

"कुँवारी रहने में क्या हर्ज़ है।"

शाहिदा मुस्कुराई "मैं भी यही कहा करती थी...लेकिन जब शादी हो गयी तो दुनिया की तमाम लज़्ज़तें मुझ पर आशकारा हो गयीं...यही

वो उम्र है आदमी पूरी तरह शादी की लताफ़्तो से हज़ अन्दोज हो सकता है...तुम मेरा कहा मानो...बस, एक दो महीने के अन्दर दुल्हन बन जाओ...तुम्हारे हाथों में मेहँदी मैं ख़ुद लगाऊँगी।"

"हटाओ इस छेड़ख़ानी को।"

शाहिदा ने सलमा के गाल पर हल्की-सी चपत लगायी "यह छेड़ख़ानी है?...अगर यह छेड़ख़ानी है तो सारी दुनिया छेड़ख़ानी है...मर्द और औरत का रिश्ता भी फुजूल है...मेरी समझ में नहीं आता कि तुम एक अज़ली और अबदी रिश्ते से मुन्किर क्यों हो?...देखूँगी कि तुम मर्द के बग़ैर ज़िन्दा रहोगी...ख़ुदा की क़सम पागल हो जाओगी... पागल।"

"अच्छा है, जो पागल हो जाऊँ...क्या पागलों के लिए इस दुनिया में कोई जगह नहीं...इतने सारे पागल हैं, आख़िर वह जूँ तूँ जी ही रहे हैं।"

"जूँ तूँ जीने में क्या मज़ा है, प्यारी सलमा...मैं तुम से कहती हूँ कि जब से मेरी शादी हुई है मेरी काया ही पलट गयी है...मेरा ख़ाविन्द बहुत प्यार करने वाला है।"

"क्या काम करते हैं?"

"मुझसे मुहब्बत करते हैं...यहीं उनका काम है...वैसे अल्ला का दिया बहुत कुछ है...मेरा हाथ उन्होंने कभी तंग होने नहीं दिया।"

सलमा ने यूँ महसूस किया कि उसका दिल तंग हो गया, "शाहिदा मुझे तंग न करो मुझे शादी नहीं करना है...मुझे मर्दों से नफ़रत है।"

"क्यों?"

"बस है।"

"अब मैं तुमसे क्या कहूँ...मर्दों से मुझे भी नफ़रत थी, लेकिन जब मेरी शादी हुई और मुझसे मेरे ख़ाविन्द ने प्यार मुहब्बत किया तो मैंने पहली मरतबा जाना कि मर्द औरत के लिए कितना लाज़मी है।"

"हुआ करे...मुझे उसकी कोई ज़रूरत नहीं है।"

शाहिदा हँसी, "सलमा, एक दिन ज़रूर तुम इस बात की क़ायल हो जाओगी कि मर्द-औरत के लिए लाज़मी है...उसके बग़ैर वह ऐसी गाड़ी है जिसे पहिए न हों...मेरी शादी को एक बरस हुआ है। इस एक बरस में मुझे जितनी मसर्रतें और राहतें मेरे ख़ाविन्द ने पहुँचाई है, मैं

बयान नहीं कर सकती...ख़ुदा की क़सम वह फ़रिश्ता है...फ़रिश्ता मुझ पर जान छिड़कता है।"

सलमा ने यह सुन कर यूँ महसूस किया कि जैसे उसके सिर पर फ़रिश्तों के पर फ़ड़फ़ड़ा रहे हैं...उसने सोचना शुरू किया कि शायद मर्द, औरत के लिए लाज़मी ही हो...लेकिन फ़ौरन बाद उसके दिमाग़ में यह ख़याल आया कि उसकी अक्ल ने उसका साथ नहीं दिया...मर्द की ज़रूरत ही क्या है? क्या औरत उसके बग़ैर ज़िन्दा नहीं रह सकती।

जैसा कि शाहिदा ने उसे बताया था कि उसका शौहर बहुत प्यार करने वाला है। बहुत नेक खसलत है...लेकिन इससे यह साबित तो नहीं होता कि वह शाहिदा के लिए लाज़मी था।

सलमा हसीन थी, उभरा-उभरा जोबन भरे-भरे हाथ पाँव। कुशादा पेशानी घुटनों तक लम्बे काले बाल उस्तवाँ नाक और इसकी फुनँग पर एक तिल।

जब वह अपनी सहेली से इजाज़त माँग कर गुसलख़ाने में गयी तो उसने आईने में ख़ुद को बड़े ग़ौर से देखा और उसे बड़ी उलझन महसूस हुई जब उसने सोचा कि आख़िर यह जिस्म यह हुस्न यह उभार किस के लिए हैं...कुदरत की सारी कारीगरी अकारथ जा रही है।

गनदुम पैदा होता है तो आदमी उससे अपना पेट पालते हैं। उसकी जवानी भी तो किसी खेत में उगी थी...अगर उसे कोई खाएगा नहीं तो सड़ गल जायेगी?"

वह बहुत देर तक गुसुलख़ाने में आईने के सामने सोचती रही। उसके ज़हन में उसकी सहेली की तमाम बातें गूँज रही थीं...मर्द औरत के लिए बहुत ज़रूरी है...।

उसका ख़ाविन्द उससे बहुत प्यार करता है।

वह फ़रिश्ता है।

सलमा ने एक लम्हे के लिए महसूस किया कि उसकी शलवार और उसका दोपट्टा फ़रिश्तों के पर बन गये हैं...वह घबरा गयी, और जल्दी फ़ारिग़ हो कर बाहर निकल आयी।

बाहर बरामदे में मक्खियाँ भिनभिना रही थी। सलमा को ऐसा लगा कि यह भी फ़रिश्ते हैं जो भेस बदल कर आये हैं।

फिर जब उसकी सहेली अपनी कोठी से मुलहका बाग में उसे ले

गयी, और वहाँ उसने चन्द तितलियाँ देखीं तो वह भी उसे फ़रिश्ते दिखायी दिये...लेकिन उसने कई मरतबा सोचा कि ऐसे रंगीन और ऐसे नन्हे मुन्ने फ़रिश्ते कैसे हो सकते हैं।

उसे बहुत देर तक फ़रिश्ते ही फ़रिश्ते दिखायी देते रहे, जो उसके क़रीब आते उससे प्यार करते। उसका मुँह चूमते उसके सीने पर हाथ फेरते, जिससे उसको बड़ी राहत मिलती। लेकिन वह इन फ़रिश्तों के हाथ बड़ी तुन्दी से एक तरफ़ झटक देती और उनसे कहती, "जाओ... चले जाओ यहाँ से...तुम्हारा घर तो आसमान पर है...यहाँ क्या करने आये हो?"

वह फ़रिश्ते उससे कहते, "हम फ़रिश्ते नहीं...हज़रत आदम की औलाद हैं ...वही बुज़ुर्ग जो जन्नत से निकाले गये थे...पर हम तुम्हें फिर जन्नत में पहुँचा देने का वादा करते हैं...चलो हमारे साथ। वहाँ दूध की नहरें बहती हैं और शहद की भी।"

सलमा ने यूँ महसूस किया कि उसके सीने में से दूध के नन्हे-नन्हे क़तरे निकलने शुरू हो गये हैं और उसके होंठ मिठास में लपटे हुए हैं।

शाहिदा, उससे बार-बार अपने ख़ाविन्द की तारीफ़ करती। असल में उसका मुद्दा यह था कि वह अपने भाई के साथ सलमा का रिश्ता क़ायम कर दे...मगर घर पर यह पहली मुलाक़ात थी, इसलिए वह खुल कर बात न कर सकी। बहरहाल उसने इशारो किनायों में सलमा पर वह वाजेह कर दिया कि उसका ख़ाविन्द जो बहुत शरीफ़ और मुहब्बत करने वाला आदमी है, उसका भाई उससे भी कहीं ज्यादा शरीफुन्नफ़स है।

सलमा ने यह इशारा न समझा इसलिए कि वह बहुत सादा लौह थी। उसने सिर्फ़ इतना कह दिया, "आजकल के ज़माने में शरीफ आदमी का मिलना मुहाल है...तुम खुशक़िस्मत हो कि तुम्हें ऐसा ख़ानदान मिल गया जहाँ हर आदमी नेक और शरीफ़ है।"

"अफ़सोस है कि इस वक़्त मेरे ख़ाविन्द घर में मौजूद नहीं, वरना मैं तुमसे उन्हें ज़रूर मिलाती।"

"कभी फिर सही...क्या काम करते हैं।"

"हाय उन्हें क्या काम करने की ज़रूरत है...लाखों रुपये की

जायदाद है...मकानों और दुकानों से किराया ही हर महीने दो हज़ार के क़रीब वसूल हो जाता है...इसके इलावा माशाअल्लाह जमीनें हैं। वहाँ की आमदन अलग है...अनाज़ की कोई दिक्कत नहीं...मनों गन्दुम घर में पड़ा रहता है...चावल भी...हर क़िस्म की तरकारी भी हर वक़्त मयस्सर हो सकती है...अल्ला का बड़ा फ़ज़्ल व करम है...उनका छोटा भाई जो आज कल लंदन में है, ज़राअत के मुतल्लिक़ जाने क्या सीख रहा था...एक महीने तक वापस आ रहा है...वह अपने बड़े भाई के मुक़ाबले ज़्यादा ख़ूबसूरत है...तुम उसे देखोगी...तो..."

सलमा ने घबराए हुए लहजे में कहा, "हाँ, हाँ...जब वह आयेंगे तो उनसे मिलने का इत्तेफ़ाक हो जायेगा।"

शाहिदा ने कहा, "बड़ा शरीफ़ लड़का है...बिलकुल अपने बड़े भाई के मानिंद।"

"वह बस आने ही वाला है...तुम मुझे अपनी एक तस्वीर दे दो।"

"बस शहद लगा कर चाटा करूँगी।"

यह कह कर शाहिदा ने सलमा का मुँह चूम लिया और फिर अपने ख़ाविन्द की तारीफ़ें शुरू कर दी। सलमा तंग आ गयी। उसने थोड़ी देर के बाद कोई बहाना बना कर रुख़सत चाही और बस स्टैण्ड पर पहुँच गयी, जहाँ उसे 'एस्ट' की बस पकड़नी थी।

वह जब वहाँ पहुँची तो एक मर्द ने उसे बुरी निगाहों से घूरना शुरू कर दिया...व परेशान हो गयी जाड़ों के दिन थे मगर उसने कई मरतबा अपनी पेशानी से पसीना पोंछा।

स्टैण्ड पर एक बस आयी उसने उसका नम्बर न देखा और जब चन्द मुसाफ़िर उतरे तो वह फ़ौरन उसमें सवार हो गयी...वह आदमी भी उस बस में दाख़िल हो गया। उसकी परेशानी और ज़्यादा बढ़ गयी।

इत्तेफ़ाक़ ऐसा हुआ कि बस के इंजन में कोई ख़राबी पैदा हो गयी जिसके बाइस उसे रुकना पड़ा। सब मुसाफ़िरों से कह दिया गया कि वह उतर जायें क्योंकि काफ़ी देर तक यह बस नहीं चल सकेगी।

सलमा नीचे उतरी तो वह आदमी जो उसे बुरी तरह घूर रहा था वह भी उसके साथ बाहर निकला...सड़क पर एक कार जा रही थी उसने उसके ड्राइवर को आवाज़ दी, "इमामदीन"

इमामदीन ने मोटर एकदम रोक ली। उस आदमी ने सलमा का

हाथ पकड़ा और उससे कहा, "चलिए...यह मेरी अपनी कार है जहाँ भी आप चाहती हैं, मैं आपको छोड़ आऊँगा।"

सलमा इनकार न कर सकी। मोटर में बैठ गयी...उसको मॉडल टाउन जाना था मगर वह उसे कही और ले गया...और...।

सलमा ने महसूस किया कि मर्द वाक़ई औरत के लिए लाज़िम होता है. ..उसने अपनी ज़िन्दगी का बेहतरीन दिन गुज़ारा...मगर उसने पहले बहुत हील हुज्जत और एहतिजाज़ किया मगर उस आदमी ने उसे राम कर ही लिया...।

तीन-चार घण्टों के बाद जब सलमा ने उस शख़्स का बटुवा खोला तो उसमें एक तरफ़ शाहिदा का फ़ोटो था...उसने हिचकिचाहट के साथ पूछा, "यह...यह...औरत कौन है?"

उस शख़्स ने जवाब दिया, "मेरी बीवी"

सलमा के हलक से चीख़ निकलते-निकलते रह गयी, "आपकी बीवी?"

शाहिदा का ख़ाविन्द मुस्कुराया, "क्या मर्दों की बीवियाँ नहीं होती?"

जान मुहम्मद

मेरे दोस्त जान मुहम्मद ने जब मैं बीमार था मेरी बड़ी ख़िदमत की। मैं तीन महीने अस्पताल में रहा। इस दौरान में वह बाकायदा शाम को आता रहा। बाज़ अवकात जब मेरे नौकर अलील होते तो वह रात को भी वहीं ठहरता, ताकि मेरी ख़बरगीरी में कोई कोताही न हो।

जान मुहम्मद बहुत मुख़लिस दोस्त है। मैं क़रीब-क़रीब बीस रोज़ तक बेहोश रहा था। इस दौरान में वह आता...लेकिन मुझे इसका इल्म नहीं था। जब मुझे होश आया तो मालूम हुआ कि वह बहुत परेशान था। रोता भी था। इसलिए कि मेरी हालत बहुत नाज़ुक थी।

जब मैं इस क़ाबिल हो गया कि बातचीत कर सकूँ तो उसने मुझसे पूछा "आप को थकावट तो महसूस नहीं होती।"

मेरे आज़ा बिलकुल मफ़लूज हो चुके थे। मालूम नहीं कितनी देर हो गयी थी मुझे बिस्तर पर पड़े हुए। मैंने उससे कहा, "जान मुहम्मद मेरा अंग-अंग दुखता है।"

उसने फ़ौरन मेरी बीवी से कहा, "कल जैतून का तेल मँगा दीजिए. ..मैं सुबह आ के मालिश कर दिया करूँगा।"

जैतून का तेल आ गया और जान मुहम्मद भी। उसने मेरे सारे बदन पर मालिश की। क़रीब-क़रीब आध घण्टा उसका इस मशक्कत में सर्फ़ हुआ। मुझे बड़ी राहत-महसूस हुई।

इसके बाद उसका मामूल हो गया कि हर रोज़ दफ़्तर जाने से पहले अस्पताल में आता और मेरे बदन पर मालिश करता...मुझे राहत ज़रूर होती थी, लेकिन वह इस ज़ोर से अपने हाथ चलाता कि मेरी हड्डियाँ तक दुखने लगतीं चुनांचे मैं उससे अक्सर दुरुस्त लहजे में कहता, "जान मुहम्मद तुम तो मेरी जान ले लोगे।"

यह सुन कर वह मुस्कुरा देता, "मंटो साहब आप तो बड़े सख़्त जान हैं...इस मुट्ठी चापी से घबरा गये?"

मैं खामोश हो जाता, इसलिए कि उसकी मुट्ठी चापी में कोई जारहानी चीज़ नहीं थी बल्कि सर वा पा खुलूस था।

तीन महीने अस्पताल में काटने के बाद मैं घर आ गया...जान मुहम्मद बदस्तूर हर रोज़ आता रहा।

मेरी उसकी दोस्ती इत्तेफ़ाकन हो गयी थी। एक रोज़ मैं घर में बैठा था कि एक नाटे क़द के छोटी-छोटी मूँछों वाले जवाँ साल मर्द ने दरवाज़े पर दस्तक दी। मैंने जब उसको अन्दर कमरे में दाख़िल किया तो उसने मुझे बताया कि वह मेरा मद्दाह है "मंटो साहब...मैंने आपको सिर्फ़ इसलिए तकलीफ़ दी कि मैं आपको एक नज़र देखना चाहता था...मैंने क़रीब-क़रीब आपकी सब तसानीफ़ पढ़ी है।"

मैंने उसका मुनासिब व मौज़ूँ अलफ़ाज़ में रस्मी शुक्रिया अदा किया तो उसको बड़ी हैरत हुई "मंटो साहब...आप तो रुसूबोक्यूद के कायल ही नहीं। फिर यह तकल्लुफ क्यों।"

मैंने कहा, "नौवारिदों से बाज़ अवकात यह तकल्लुफ बरतना ही पड़ता है।"

जान मुहम्मद की महीन मूँछो पर मुस्कराहट नमूदार हुई, "मुझसे आप यह तकल्लुफ न बरतिए"

चुनांचे यह तकल्लुफ़ फ़ौरन दूर हो गया।

उसके बाद जान मुहम्मद ने हर रोज़ मेरे घर आना शुरू कर दिया। शाम को जब वह दफ़्तर से फारिग़ होता तो सीधा मेरे यहाँ चला आता।

मेरी आदत है कि मैं किसी दोस्त का हसब न सब दरयाफ़्त नहीं करता। इसलिए कि मैं इसकी कोई ज़रूरत नहीं समझता। मैं तो किसी से मिलूँ तो उससे उसका नाम भी नहीं पूछता।

यह तमहीद काफ़ी लम्बी हो गयी हालाँकि इख़्तसार पसन्द हूँ... जान मुहम्मद देर तक मेरे यहाँ आता रहा। उसकी मालूमात ख़ासी अच्छी थी। अदब से भी उसे ख़ासा शग़फ़ है मगर मैंने यह बात ख़ास तौर पर नोट की कि वह ज़िन्दगी से किसी क़द्र बेज़ार है।

मुझे ज़िन्दगी से प्यार है लेकिन उसको इससे कोई रग़बत नहीं

थी। हम दोनों जब बातें करते तो वह कहता "मंटो साहब आप मेरे लिबास को देखते हैं। यह शिलवार और कमीज़ जो मलेशिया की है, आप यक़ीनन नफ़रत की निगाहों से देखते होंगे...मगर मुझे अच्छे लिबास की कोई ख़्वाहिश नहीं...मुझे किसी ख़ूबसूरत चीज़ की ख़्वाहिश नहीं।"

मैंने उससे पूछा, "क्यों?"

"बस...मेरे अन्दर यह हिस ही नहीं रही...मैं नंगे फ़र्श पर_सोता हूँ। निहायत वाहियात होटलों में खाना खाता हूँ...देखिए...मेरे नाखुन इतने बढ़े हुए हैं...इनमें कितना मैल भरा है। मेरे पाँव मुलाहज़ा फरमाइए. ..ऐसा नहीं लगता कि कीचड़ में लुथड़े हुए हैं...मगर मुझे इन गलाज़तों की कुछ परवाह नहीं।"

मैंने उसकी गलाज़तों के मुताल्लिक उससे कुछ नहीं कहा। वरना हक़ीक़त यह है कि हर वक़्त कुचैला रहता था। उसको सफ़ाई के मुताल्लिक़ कभी ख़याल ही नहीं आता था।

एक दिन हस्बेमामूल जब वह शाम को मेरे पास आया तो मैंने महसूस किया कि उसकी तबयत मुज़महिल है। मैंने उससे पूछा, "क्यों जान मुहम्मद क्या बात है आज थके-थके से मालूम होते हो?"

उसने अपनी जेब से 'बगले' की डिबिया निकाली और एक सिगरेट सुलगा कर जवाब दिया, "थकावट हो ही जाती है। ...कोई ख़ास बात नहीं।"

इसके बाद हम देर तक ग़ालिब की शायरी पर गुफ़्तगू करते रहे। उसको यह फ़ारसी का शेर बहुत पसन्द आया।

मा बनू वयम बदीं मरतबा राजी ग़ालिब शेर ख़ुद ख़्वाहिश आ क़र्द कि गर्दो फने मा हम गालिब की शायरी पर तबसरा कर रहे थे कि इतने में हमारे एक हससाये की लड़की मेरी बीवी से मिलने चली आयी। चूँकि वह पर्दा नहीं करती थी, इसलिए वह हमारे दरमियान बैठ गयी। जान मुहम्मद ने आँखें झुका लीं और ख़ामोश रहा। कुछ इस तरह कि उसे कोई पहचान न ले। इसके बाद दूसरे दिन रात के दस बजे मेरे दरवाज़े पर दस्तक हुई। नौकर ऊपर सो रहा था। मैंने दरवाज़ा खोला तो देखा कि जान मुहम्मद है। निहायत खस्ता हालत में। मैं बहुत परेशान हुआ और उससे पूछा, "क्यों जान मुहम्मद...खैरियत तो है।"

उसको होंटों पर अजीब सी मुस्कुराहट पैदा हुई, जिससे मैं बिलकुल ना आशना था, “खैरियत है...मुझे नींद नहीं आ रही थी...इसलिए मैं आपके पास चला आया।”

मुझे सख़्त नींद आ रही थी मगर जान मुहम्मद ऐसे मुखलिस दोस्त के लिए मैं इसे कुर्बान करने के लिए तैयार था, मगर जब उसने ऊटपटाँग बातें शुरू कीं तो मुझे वहशत होने लगी...उसका दिमाग़ ग़ैर मुतवाज़िन था। कभी वह आसमान की बात करता, कभी ज़मीन की। मेरी समझ में नहीं आता था कि अचानक उसे हो क्या गया।

एक दिन पहले जब वह मुझसे मिला था तो अच्छा भला था। एकदम उसमें इतनी तबदीली कैसे पैदा हो गयी?

सारी रात उसने मुझे जगाए रखा। आख़िर सुबह मैंने उसको गुसल करने के लिए कहा, अपने कपड़े उसे पहनने के लिए दिये कि उसके मैले चिकट थे। फिर उसको लारियों के अड्डे पर ले गया कि वह सियालकोट अपने वालदेन के पास चला जाये।

ग़लती मैंने यह की कि उसको लारी में न बैठाया। किराया वग़ैरह मैंने उसे दे दिया था। मैं मुतमइन था कि वह अपने घर चला जायेगा मगर उसी दिन रात के तीन बजे दरवाज़े पर बड़े ज़ोर से दस्तक हुई। मैं बाहर सहन में सो रहा था। हड़बड़ा कर उठा सोचा कि कोई तार आया हो। दरवाज़ा खोला तो सामने जान मुहम्मद...मेरे अवसान ख़ता हो गये।

मैंने उससे पूछा कि वह सियालकोट क्यों नहीं गया। उसने इस सवाल का कोई माकूल जवाब नहीं दिया। उसका दिमाग़ पहले से ज़्यादा ग़ैर मुतवाज़िन था। फ़र्श पर लेट कर अपनी कनपटयों पर ज़ोर-ज़ोर से घूँसे मारने लगा।

मेरी समझ में नहीं आता था क्या करूँ। वह हक़ीक़तन जुनून की हद तक पहुँच चुका था। मैंने सोचा, प्यार मुहब्बत से काम लेना चाहिए चुनांचे बहुत देर तक मैं उसका सर सहलाता रहा। इसके बाद उससे पूछा जान मुहम्मद तुम्हें क्या तकलीफ़ है।

उसने कोई जवाब न दिया। फ़र्श पर मेरी बच्चियों के जो मारबिल पड़े हुए थे उनसे खेलने लगा। इसके बाद उसने हर मारबिल को सजदा किया और रोने लगा।

मैंने फिर उससे बड़ी मुहब्बत से पूछा, "जान मुहम्मद यह तुम्हें क्या हो गया है।"

उसकी आँखें सुर्ख़ अंगारा थी जैसे कई दिनों से शराब के नशे में धुत हो। उसने मुझे इन आँखों से देखा और पूछा, "तुम इतने बड़े नफ़सियात निगार बनते हो, क्या यह नहीं जान सकते कि मुझे क्या हो गया है?"

"मैं अपनी कममायगी तसलीम करता हूँ...अब तुम ख़ुद बता दो।"

जान मुहम्मद मुस्कुराया, "मुझे शमीम हो गया है।"

"क्या मतलब?"

"अब भी मतलब पूछते हैं आप"

मैंने उससे कहा, "भई शमीम कोई बीमारी तो नहीं।"

जान मुहम्मद हँसा, "बहुत बड़ी बीमारी है मंटो साहब...यह कई लोगों को हो चुकी है। उनमें से मैं भी एक हूँ...पहले डलहौज़ी में होती थी अब यहाँ लाहौर चली आयी है।"

मैं समझ गया...जान मुहम्मद कई बरस डलहौज़ी में रह चुका था और शमीम भी। लेकिन मैंने उससे कहा, "मैं अब तक भी नहीं समझा... तुम अब सो जाओ...चले आओ...अन्दर सोफ़े पर लेट जाओ...ख़बरदार जो तुमने शोर मचाया।"

वह अन्दर चला आया और सोफ़े पर लेट गया...मैं सुबह जल्दी उठने का आदी हूँ। साढ़े चार बजे के क़रीब उठा तो देखा कि जान मुहम्मद ग़ायब है।

सात बजे पता चला कि शमीम भी अपने फ्लैट में नहीं है...कहीं ग़ायब हो गयी है।

□□

